人魚公主殺人事件

北山猛邦——著
Rappa——譯　Welkin——繪

目錄

序幕

一七九三年——地中海

那是一開始就註定沒有結果的戀情。

人魚公主遇上人類青年的那刻，沒有回報的愛意就此萌生。

青年在日落海畔仰望宵星，側臉在深藍色天空勾勒出輪廓，宛如新生的星座。對住在海中的人魚公主而言，他無疑是遙不可及的陸地星座。只要她還是人魚而青年還是人類，兩人的距離永遠無法縮短。

是命運的捉弄嗎？原本不可能有交集的兩人，奇蹟似地接觸了。

那是在六月的暴風雨之夜。

青年搭乘的船隻劈里啪啦地在浪濤中碎裂，此時人魚公主正巧在附近的海域晃蕩。她發現了墜入海中的青年。青年失去知覺，正要沉入黑暗的海底。海中遍布著船隻破碎的殘骸，人魚公主差點就要跟丟身影。那一夜海洋狂暴，連對人魚公主來說都很危險。她小心避開船的碎片，跳舞似地游過海洋，好不容易抓住青年。

人魚公主將青年的頭撐在水面上，朝陸地前進。青年渾身發軟意識不清，卻還是緊緊環抱人魚公主尋求生路。這個舉動讓人魚公主開心得不得了。只有自己能拯救他的事實，令人魚公主驕傲。

雪白的沙灘終於從海的另一端映入眼簾。人魚公主把青年扛到沙灘上，輕輕地讓他橫躺下來。她只能爲他做出這麼多了。離開時，她滿懷著希望青年存活下去的心願，在他形狀姣好的額頭上溫柔吻下。

隨後她離開海濱在波濤間飄蕩，從遠處繼續守候青年。不久，海洋變得平靜，天空緩緩發白，夜色從東方的地平線逐漸退去。

教堂的鐘聲隨即從某處傳入耳中。一名人類女性來到沙灘。她發現倒在沙灘與海浪間的青年，趕緊衝向他。

青年得救了。人魚公主冒出這個念頭，難以言喻的不安同時襲上心頭。

人類女性輕柔地碰觸青年的肩膀，想把他搖醒。

青年終於睜開眼，仰望身邊的女性。

那剎那青年的眼眸宛如寶石，比任何珊瑚或珍珠都來得耀眼。然而他的視線並未投注在人魚公主身上，而是人類女性。他的笑容絕非面對人魚公主。人魚公主的不安在心中逐漸膨脹。

青年起身，對人類女性說了些什麼。兩人緊貼著彼此，離開海岸往陸地離去。

人魚公主獨自被捨棄在大海，她無能爲力地目送兩人。翻騰的感情激烈如焚，但她分不太清楚那是什麼感情。

沒過多久人魚公主回到旭日無法穿透的海底。

是的。海洋寬闊，而且無窮深邃——

第一章

一八一六年——丹麥・奧登斯

1

「回家一定要走河邊的路。路上不管遇到任何人，絕不能跟他們對上眼。那個人可能是來收割你父親靈魂的死神。如果他是真正的死神，你父親想必沒多少時間了。」

住在舊都奧登斯郊外的占卜師老婆婆這麼告訴男孩。

男孩匆匆忙忙踏上歸途，要將占卜的結果轉告母親。他照著占卜師的指示選擇河邊的路。道路一旁是一片寒冷的森林，森林深處傳來老舊水車喀噠喀噠的聲音。黃昏彷彿追趕著男孩，從森林朝河川蔓延，無數的蟋蟀在男孩背後同聲齊唱。

就快要抵達家門，道路前方有個模糊的漆黑人影迎面而來。

男孩不禁停下腳步，細看那團暗影。

他看起來的確是人影。黑色的帽子壓得低低，圍著黑色領巾，穿著黑色背心與黑色雙排扣大衣，衣襬沒入幽暗。

這個人一定就是死神。

男孩想起占卜師的話，垂下頭趕緊前進。千萬不可以對上眼。男孩感覺到緊握的手心滲出大量汗水。他的身體瞬間冷卻，腳差點不聽使喚。

隨後他終於與黑色人影交會。

擦身而過的瞬間，冰冷的空氣掃過臉頰。

男孩沒有回頭，朝家門狂奔。沐浴在緊盯著自己後背的視線之中，他終於來到孟克梅勒街。這裡雖然是窮苦人家居住的街道，見到窗戶透出的燈光仍令他安心。

男孩戰戰兢兢回過頭，背後沒有人。自己彷彿作了惡夢，他擦掉前額的汗水朝家前進。

他的家是貧民窟的公寓。男孩的母親則在家中等待他回來。

他轉告母親占卜的結果，母親臉色發白，專心一致地向神明低語禱告詞。母親虔誠，她認爲世上發生的所有事件都由神明決定。她最後依靠的不是醫生而是占卜師。男孩覺得她的選擇非常不理性。

男孩窺視躺在床上的父親。父親身型瘦弱，肌膚十分乾燥，就像一塊枯木躺在床上。但他時不時顫巍巍地抽動，令人確信他的身軀中寄宿著生命。但男孩也理解父親散發出的惡臭，就是死亡本身。

「如果他是眞正的死神，你父親想必沒多少時間了。」

他不由得想起占卜師的話語。

父親常說死神總有一天會造訪自己奪走魂魄。他稱死神「冰雪女王」。在零下的夜晚，父親時常像是回望從外頭窺伺屋內的冰雪女王似地面對窗外，陷入深思。說不定他就是太常凝視冰雪女王了。而既然死神叫冰雪女王，男孩認為外貌一定是女性。可是河邊遇到的人從穿著打扮來看，實在不像；還是說死神就算是女性，也會打扮如男子嗎？

無論如何男孩都有預感，父親的死期將在不遠的未來來臨。

正如他的預期，父親在三天後過世了。

在這名十一歲男孩——漢斯．克里斯汀．安徒生心中，與父親過早的離別在他人生中投下絕望的陰影。

然而歷史從來沒提過，這件事同時為少年帶來命運的邂逅。

2

父親的葬禮結束，親眼見到他的棺槨埋入土中，漢斯與母親一起離開墓地。他在歸途與母親分別，坐在奧登斯河岸邊，眺望著倒映在河面的搖曳樹影。到了四月，外頭已完全回暖。

漢斯手中握著一個粗糙的木偶，是父親的遺物。父親喜歡木偶戲，每次仿照現成品刻了木偶，都會送給漢斯。父親沒給過漢斯多少東西，唯獨木偶例外。聽說祖父跟他一樣很喜歡雕刻人偶，常常把成品送給父親。

漢斯呆愣愣地望著木偶，不經意望見河面上的倒影，後方竟出現了黑色的人影。

有人正站在背後，彷彿緊盯著自己。

黑色的人影似曾相識——

是死神！

漢斯不禁放聲大叫，他連忙起身準備逃離現場。但驚慌中一個不穩，摔進眼前的河裡。河水不深，水流也不湍急，但漢斯陷入混亂，在水中浮沉。

「——、——！」

死神的聲音從頭上傳來。

他說著奇特的語言，漢斯聽不懂。

回過神時漢斯被人緊緊揪住領口，輕輕拎起似地拖上河岸。他一時分不清楚發生什麼事。

漢斯茫然地環視四周，接著發現身後緊跟著一名漆黑的男人，直盯著自己。那是個臉色蒼白的陌生男子。

「哇！」

漢斯大叫一聲，拔腿就跑。

死神終於來索取自己的靈魂了！

他一心一意地朝大街逃竄，渾身溼淋淋地衝進家門。

「媽媽，不好了。死神來鎮上了！」

「你怎麼把自己弄成這樣？」

母親對弄髒衣服的漢斯大發雷霆。即使告訴她撞見死神，母親也不肯理會，反而還教訓漢斯就是不夠虔誠才會見到邪惡的幻象，念得比平常還久。

母親就是沒見到死神，才無法理解自己。光是奪取父親的靈魂一定無法讓死神滿足，因此才會繼續在鎮上徘徊。漢斯深信如此，決定來執行驅逐死神的咒術。

他聽父親說過，要是將家裡的物品上下倒置，死神就不會靠近那戶人家。漢斯在母親入睡後，將桌椅、茶杯、掃把甚至牆上掛的版畫都轉成反方向。漢斯也沒上床，而在床底下睡。既然一切都必須上下顛倒，睡覺的地方當然得倒過來。這下終於安心就寢。

然而到了隔天早上，漢斯卻被母親的慘叫吵醒。

「漢斯！你做了什麼！」

見到睡在地上的漢斯，母親發出歇斯底里的吼叫。

「因爲死神……」

「快給我恢復原狀！」

漢斯無可奈何，只能照著母親的要求收拾。

將倒置的物品一個個轉回來，淚水毫無自覺地湧出。他突然體會到父親已不存在於人世，孤單寂寞。弄著弄著就來到上學的時間，漢斯被趕出家門，抽抽噎噎地踏上了往學校的路。

上算術課時，漢斯突然發現父親遺留的木偶不見了。他認爲一定是自己掉進河裡時不小心鬆手，卻因爲死神的騷動到現在才察覺。

怎麼辦？

在漢斯心中，父親的木偶就像是護身符、朋友，也是聊天的對象，說不定木偶就等於父親本人。木偶不見了，他才會如此落寞。下課時間，漢斯在室外撿了小小的枯枝，照著記憶中父親的木偶製作起來。到了下一堂課，漢斯還是瞞著老師偷偷摸摸地雕刻木偶。卻有女同學覺得他那模樣很奇怪，指名道姓地向老師告狀。

「老師，漢斯從剛剛開始就在作奇怪的東西。」

漢斯起初還不知道自己成了標靶，他太投入勞作了。一刀一刀地刻著刻著，發現教室變得鴉雀無聲才察覺異狀。猛然抬頭，所有人都看著自己。

「漢斯，那是什麼？」老師走向漢斯的桌子。

漢斯瞬間想藏起木偶，但太慢，雕到一半的木偶被老師搶走。同學們見到木偶，全都屏住呼吸瞪大雙眼。還沒完成好的木偶就像尊詭異的神像。

「好噁心……」耳邊傳來女同學的低語。

漢斯如坐針氈，滿臉通紅地衝出教室。

不是第一次逃離教室，過去好幾次前科。漢斯神經兮兮又臉皮薄，碰上特別難堪的場面總是無法待在現場。逃回家裡，果不其然惹火了母親。她抓著漢斯的手臂把他拉回學校。

老師露出常見的困擾表情迎接漢斯與母親。

「我可以理解漢斯剛失去父親精神很不穩定，但他平常就容易幻想，眼中的世界彷彿跟身邊的孩子都不太一樣。這其實不是壞事，但學校也是學習協調性的地方，請妳告訴他要好好跟大家相處。」

老師說。母親向老師鞠躬致歉，也逼漢斯道歉。漢斯被趕回教室，母親回家了。漢斯出席了下一堂課，但再下一堂課，他就溜出學校。學校沒有容身之處。少了他這個人，同學甚至會比較放心吧。比起這個，他更介意遺失的木偶去哪了。

漢斯回到自己落水一帶搜索，卻沒找到。果然掉進河裡了嗎？這樣的話木偶也可能被沖走了。漢斯失落地垂著肩，跌坐在地。

彷彿失去一切。實際上他的確失去了父親，也失去了他遺留的木偶。他失去了大人的信賴，也失去了朋友。只不過打從一開始就沒有朋友。

漢斯抱著腿逃奔至幻想世界。打發孤獨時，想像力總是能派上用場。他眼裡見到直上藍天的透明階梯，鳥告訴他階梯的位置。閉上眼睛登上階梯，就能前往雲霄的世界。父親就在雲朵之間，他穿著丹麥軍的軍服，背著沉甸甸的軍用背包，胸前抱著的不是家人的信，而是拿破崙的版畫。崇拜拿破崙的父親爲了幫助陷入窘境的法國前往戰地，但戰爭在他踏上戰場前就結束了。回到奧登斯時的父親疲憊，宛如空殼。大概是失去了精神支柱，病越來越嚴重，從戰爭回來不過兩年就衰弱而死。在雲端英勇進擊的他手中還握著那個木偶。

要找回父親遺留的木偶。

漢斯回過神來，站起身子。要是木偶被沖走，去下游說不定能找到。

他沿著河邁開腳步，背後又有人出聲叫住他。

「你在找木偶是吧？」

聽見聲音，漢斯回過頭。死神就站在他身後。

「咿！」

「哎，這次可別再掉下去了。」

漢斯嚇得跳起來轉身就要逃跑，一身漆黑的男人抓住他的手拉近自己。纖細冰冷的手讓漢斯直發抖，那觸感讓他覺得死期終於來了。

「你對我可能有所誤會，我無意加害你。」

男人飛快解釋。他說話有外國人的腔調。等漢斯冷靜下來，又道。

「還是說出現在你惡夢中的怪物長成我這副模樣？原來如此，那還眞是個時髦又紳士的怪物！」男人裝模作樣地拿下帽子攤開雙手。「但請你放心，安徒生。你再也不會作這種惡夢了。因爲你已經明白怪物的眞實身分就是普通旅人。」

「旅人……？」

「正是。不久前我才在義大利旅行。羅馬、佛羅倫斯、威尼斯……遊遍了藝術之都，文藝復興開花結果的許多土地。你知道嗎？義大利每一片落葉上都寫著詩，冬天會落下帶著顏料的多彩雪片。」

「……真的嗎？」

漢斯歪著頭狐疑地仰望男人。如果他沒說謊，義大利還眞是奇異的國家。

「是啊，我看來就像那麼一回事，以這點來說我可沒騙你。等你長大以後也去義大利看看吧，那裡存在著這世界的眞相。人家說條條大路通羅馬嘛。」男人彎下腰將視線壓到與漢斯平行，閉上半邊眼睛，做了個異國風情的問候。「對了，安徒生。你昨天沒感冒吧？你不是渾身溼淋淋地回家嗎？」

「沒有……我沒事。不過弄髒衣服被媽媽罵了。」

「昨天眞抱歉。我似乎嚇了你一大跳。木偶是你的寶貝吧？害你弄丟了。」

「不，這……不算你的錯……」

「對，這不是我的錯。」

「咦？」

「啊，沒事。現在就將責任問題擱一旁吧。重要的是木偶跑去哪裡了。我從昨天就在沿岸邊走邊找，完全找不到。搞不好被沖到下游了。那是木頭人偶，想必很容易被沖走。」

「我一定再也找不到了。」漢斯垂著肩膀不抱希望地說。

「你一個孩子這麼懂事做什麼？孩子，你還是伸手就能摘月的年紀吧？既然如此，遺失的寶物也——」

「沒這回事，我知道月亮遠在天邊，伸手也碰不到。」

「但你相信這世界上存在著能攀上夜空的梯子。」男人拍拍漢斯的肩膀爲他打氣。「當然我也是。來吧，我們一起去找你的寶物吧。」

「去找……去哪裡？」

「當然是海囉。」

男人戴好帽子，指向河的下游，大步向前走。

然而漢斯沒跟著男人，仍留在原地。哪有人可以馬上跟原本視爲死神的人手牽手走在一起。漢斯還不信任他。

「咦，怎麼啦？」男人注意到漢斯的神情而轉過頭。「你不去的話，我也會去。要是找到木偶，我說不定會據爲己有。呵呵，確定要這樣嗎？安徒生？」

「剛剛就很疑惑，你爲什麼知道我的名字？」漢斯露出挑釁的眼神。

「我看了你父親的墓。」他突然一臉嚴肅。「你昨天穿著唯一的盛裝代替喪服吧？這時期小孩子盛裝打扮的理由，就只有禮拜或參加喪禮。昨天不是星期天，因此是後者。於是我去了趟墓地，因爲我有點好奇你到底失去了誰。那個人在你心中很重要嗎？還是頂多一個星期見到一次面？」

「你居然對這種事感到好奇？」

「你在河邊抱著大腿的臉看起來很成熟。我想知道背後的理由。事物映入眼簾的模樣，背後必定存在造成這結果的理由。這是我的哲學。人的表情也是一樣的。」

他說話的態度飄忽又輕浮。漢斯歪著頭，狐疑地回望。

「……總之，我去墓地見到了一座嶄新的墳墓。旁邊有個跟你的鞋子一樣大的腳印，墓碑上刻著死者的簡歷與安徒生這個姓氏。因此我了解了大致的情況。」

「你爲什麼要糾纏著我？」漢斯的腿仍緊釘在原地。

「怎麼說我糾纏？」男人的口氣很受傷，低垂著肩膀。「我只是想找到你的木偶啊。」

「我可以自己找。」漢斯說完，抽腿就要逃離現場。

「等等！」男人連忙叫住漢斯。「能讓我畫張你的畫嗎？」

「——我的畫？」

「我想描繪你眼中的世界。我在河邊見到你就這麼覺得。你的喜悅與你的絕望——」

男人從大衣口袋拿出像是大型筆記本的東西。他打開本子向漢斯展示。上頭用鉛筆畫著墓碑以及獻給死者的花。畫無庸置疑就是漢斯父親的墓，技術好得讓人一眼看出主題。

「——這些花是？下葬時應該沒有花。」漢斯問。

「我供奉的。」

「這樣啊……」

歷經漫長的沈默，漢斯終於抬起臉。

「非常感謝你。」

「嗯？謝什麼？」

「謝謝你的花……我父親生前很喜歡花。」

「這樣啊。別客氣，沒什麼大不了的。」

「我想請教一件事。」

「請說。」

「你到底是誰？」

「自我介紹晚了。我是流浪畫家，名叫路德維希·埃彌兒·格林。」

3

沿著河邊小徑朝海洋前進的路上，路德維希講個不停。拜此所賜，漢斯恐怕成了這個鎮上最了解路德維希的人。

他生於德國，今年二十六歲。爲了學習藝術前往義大利，遊遍各個鄉鎮後，接著朝北方的丹麥前進。都市這種巨大的藝術令他感興趣。丹麥很久以前就有王國，也有不少歷史悠久的建築物。像是在史學家眼中，舊都奧登斯大概也是座深具魅力的都市吧。據說奧登斯這個名字源自於北歐神話登場的神祇奧丁，當年由神聖羅馬帝國的皇帝命名。漢斯相信這座具有千年歷史的城鎮一如傳說所言，是在遠古神明的時代如魔法般一夜築成。路德維希似乎也對奧登斯的歷史有興趣。路德維希有五個哥哥，他是最小的孩子。獨生子漢斯完全無法想像有這種家庭。

「我有幾個哥哥現在還在大學教書，他們全都很厲害，反觀我這個小兒子卻還在悠悠哉哉地旅行，身邊的人都罵我敗壞格林家的名聲。但我才覺得哥哥他們的生活方式貶低了自由之名，苦悶得不得了。會這麼說也是因爲之前——」

與陰沉的外表及不易親近的表情相反，路德維希是個有親和力、開朗又愛說話的紳士。儘管他的話有一半漢斯這個小男孩聽不太懂，沒架子的個性卻讓人很舒服。

即便如此，漢斯不想當他的模特兒。現在只是因爲他說要一起找木偶，才借助他的力量。坦白說漢斯盡可能不想與他扯上關係。

緩緩走在河邊一路尋找，最後走到奧登斯河變換樣貌的地方。河岸朝左右大幅敞開，勾勒出平緩的曲線形成港灣。海洋到了。這一帶受到冰河侵蝕形成峽谷地形，卻沒有陡峭的懸崖或險峻的峽谷。極爲平坦的海岸線上甚至還有一片沙灘。

「眞美！」路德維希來回遠眺這片風景。「站在山坡上大概能見到整片出海口。你等我一下，安徒生。」

路德維希跑到山坡上，面向著海呆立半晌，風吹在他的身上。接著靈機一動似地打開筆記本，搖起了鉛筆桿。

「來吧，你去站在那邊。」

路德維希要求漢斯站在自己的視線範圍內。他想畫下這個景象。

「別管這個了，我們快走吧？」漢斯困擾地說。「天快黑了。」

「啊，也對。」

路德維希老老實實地衝下山坡。他天眞浪漫的樣子實在不像比漢斯年長許多歲。

「一直找不到你的寶貝木偶，但現在難過還嫌早。要是木偶眞的被沖進海裡，海浪一定會把它送回岸邊。」

路德維希與漢斯一起前往沙灘。半路上路德維希注意到一件事。

「哎呀，有東西掉在沙灘上。」他朝沙灘一看。「像是個很大的人偶……木偶不會是吸收水分膨脹了吧？」

倒在沙灘上的物體擁有人形，絕非掌心大小，明顯是人類。

「才不是！有人倒在沙灘上！」

她比人偶更美，或者說跟人偶一樣美。袒露著宛如絹帛的雪白肌膚，長而豐沛的秀髮吸飽水，奄奄一息地倒臥在沙灘。從身型來看，是一名女性。

漢斯眼中，她似乎沒氣了。璀璨的金髮之間，透出肩頭如雪一樣白皙冰冷的柔軟曲線，缺乏血色的程度一目了然到令人絕望。她纖細的雙腿垂落在地，受到海浪的洗滌，讓人聯想起被沖上岸的魚屍。

但漢斯仍覺得躺在那裡的她很動人。或許是擁有美麗外型的個體迎接了名爲生命之死的結局，成了無限逼近完美的姿態。路德維希原本也爲這分結構之美而屏息，又回過神來奔向她。

「小姐，妳還好嗎？」

路德維希搖晃女性的肩膀。漢斯也踩著沙子跑到她的所在處。漢斯注意到父親遺留的人偶就掉落在她的身邊，但現在顧不著了。

路德維希將手按在女性的脖子上，隨後萬分沮喪地搖搖頭。

「沒救了，已經死……」

語音未落，女性的肩膀就顫抖起來。路德維希嚇得抽開身子。

女性溼潤的頭髮結成一束，從肩膀垂落沙灘，接著緩緩地撐起上半身。她眨動無神的雙眼，像是擦拭眼淚似地拍落黏在臉上的沙子。

「妳要不要緊？」

路德維希驚慌失措地問，之後脫下大衣披在她身上。

她一臉彷彿置身夢境，交互凝視著漢斯與路德維希。花了點時間，終於恢復清醒似地用茂密的髮絲與路德維希的大衣遮住裸體。此時漢斯注意到她左邊胸口有道大傷痕。

「我沒事。」

她垂著臉，虛弱地喘著氣回答。聲音比漢斯至今聽過的任何聲音——比這世上任何聲響——都要悅耳。

「那就好。這時期海水浴還嫌早。妳應該還不太舒服吧？最好快點取暖。站得起來嗎？」

路德維希向她伸出手。她輕輕地搖頭，扶著沙灘想站起來，卻重心不穩朝前方跌倒。漢斯與路德維希連忙攙扶。

「別勉強自己。」

她似乎也放棄了，搭著漢斯與路德維希的肩膀搖搖晃晃地起身，邁開腳步。或許是傷到了腿，她每踏一步臉就會抽一下，渾身顫抖。

「人類的腳原來這麼不堪使喚啊。」

她咬牙切齒地低語。漢斯爲她不尋常的口吻疑惑，但沒追問下去。

「前面應該有醫院。我們快過去。」漢斯指著山丘。

「醫院？」她有所反應。「那裡是治療身體的地方嗎？不行，不可以。」她像個耍賴的孩子直搖頭。

「可、可是……」

「那去我住的旅館。」路德維希提議。「暖一下身子，那裡就行了。不用顧慮外人視線。」

漢斯與路德維希扶著步履蹣跚的她前往鎮上的旅館。路過的人們都瞪大雙眼，疑惑地望著他們。或許多數的男人都是見到她的美貌而出神。

抵達旅館，三人一起進入路德維希下榻的房間。房裡散落著繪畫用具，瀰漫著顏料的氣味。牆邊架著畫架，畫布丟得到處都是。上頭幾乎都是未完成的畫作。

路德維希讓她坐在地上，看向暖爐。

「木柴不夠。」

路德維希說完就將旁邊畫到一半的畫布對折再對折，丟進暖爐裡。

「啊，好可惜。」

「沒關係。這樣藝術就能昇華了。」

路德維希給暖爐點火。接著找來旅館老闆娘，要了一套女裝。老闆娘大概很信任路德維希，答應得出奇乾脆。她說會去附近的服飾店幫他買回來。

漢斯坐在她旁邊，開口詢問。

「妳叫什麼名字？」

「……賽蓮娜。」

她抱著大腿，好奇地眺望著暖爐回答他。

「我是漢斯，這位是路德維希先生。」

「這樣啊。」賽蓮娜冷淡回應，摸摸自己的腿。「對了，今天星期幾？」

「星期三……」

「我浪費整整一天。」她露出懊惱的表情。「沒時間了。漢斯，能帶我去離宮嗎？我必須立刻趕過去。」

賽蓮娜想要站起來，但腿似乎還在痛，重心不穩跌坐在地。

「別這樣，穿上衣服前乖乖待在這裡吧？」路德維希離開暖爐，拉了一張附近的椅子翹著腿坐下。「離宮就是丹麥王室的公子住處？要去那裡辦事，難道妳是某處的公主？」

「沒錯。但這跟你們無關。」賽蓮娜心急地接話。「你們只要帶我去離宮就好。沒有更多要求。」

「我是不知道妳有什麼事，但沒有人脈進不去離宮。」路德維希聳肩。「我可不覺得一個連離宮在哪都不知道的光溜溜公主，在丹麥皇室裡會有認識的人。」

聽了路德維希的話，賽蓮娜皺起眉頭緊咬下唇。

「我該怎麼辦？」

「離宮不對普通民眾開放，能進去的就只有相關人士。但妳看起來也不是相關人士。要是無法合理說明妳想找誰又有什麼事，人家應該不會放妳進門。」

「非得說明嗎？」

「那當然。但說明的內容也可能讓妳吃閉門羹。」

賽蓮娜面有難色，再也沒說話。

此時老闆娘來訪，送了整籃子衣服。路德維希把錢交給老闆娘並接下衣服，交給賽蓮娜。

「安徒生，我們出去吧。」

路德維希用手頂了頂漢斯。

「咦？啊、好的。」

兩人來到走廊，等待賽蓮娜換好衣服。

「她到底是從哪裡來的啊？感覺不像這國家的人。」漢斯輕聲說道。

在漢斯看來，路德維希與賽蓮娜都算是身分可疑的外國人，然而賽蓮娜更是有種不屬於這世界的氣質。

今天還眞是個奇怪的日子，他彷彿誤闖了與昨天截然不同的世界。說不定父親的死使得世界出現破洞，無法維持原本樣貌。一定是這麼一回事。一名人類從這個世界上消失，造成這樣的影響應該不足爲奇。若那個人還是對自己至關重要的對象，就更不用說了。

「雖然不知道她想做什麼，丟著她不管太危險了。」

「危險？」漢斯歪起頭。「你是說賽蓮娜小姐想做什麼壞事嗎？」

「不……眞要說起來，我擔心她惹禍上身。繼續丟著她不管，她可能會被牽扯進壞事之中。她豈止是不食人間煙火，連衣服都不知道怎麼穿。」

「但世界上應該沒有這種人吧。」

賽蓮娜的外觀年齡比漢斯再大幾歲。從交談時的印象來看，似乎受過最低限度的教育。但在這個季節一絲不掛倒在沙灘上，的確缺乏常識。

「對了，安徒生。這個得還給你。」

路德維希從口袋拿出小小的木偶。是漢斯父親的遺物。

「非、非常感謝你！」

漢斯接過木偶。賽蓮娜帶來的騷動讓自己把這件事拋在腦後，但他記得幫漢斯撿回木偶。光是這樣就可以多信任他一點。

「簡直就像是受到這個木偶引導呢。」

漢斯點頭贊同路德維希。然而他有種揮之不去的感覺，覺得木偶牽起的命運之線仍未斷絕，與久遠而無人知曉的深淵直直相繫。想像在線的彼端恭候之物令他害怕，但另一方面又為至今不曾體驗的好奇與冒險之心感到興奮。

「差不多換好了吧？」

路德維希敲敲門。房間傳來回應，他打開門。

「這個該怎麼穿？」

將裙子掛在脖子上，想把腿塞進上衣而陷入苦戰的賽蓮娜映入眼簾。

4

在老闆娘的幫助下，賽蓮娜好不容易穿上衣服。衣服絕非高級貨，但美貌並未折損。不管在哪座城鎮，她都會是人們口中最美麗的女子。

漢斯一行人圍著暖爐，聽賽蓮娜從頭說起。賽蓮娜雖然隨時想離開，但大概想到兩人在海灘幫助了自己，又幫忙張羅衣服，似乎覺得自己有義務說明。

「我無法透露太多。」被暖爐烤得雙頰泛紅的賽蓮娜說。「你們可能無法理解我。」

「我們倒很清楚妳有急事要去離宮。」路德維希抱著手臂說。「去離宮要做什麼？」

「——調查一件事。」賽蓮娜慎重地斟酌用詞。

「什麼事？」

「問這個要做什麼？這跟你們無關。」

「妳不說清楚，我們就沒辦法幫忙。」

「幫忙？你們願意幫我忙？」

她原先低垂的雙眼瞪得有如銅鈴大。先前黯淡的表情彷彿射入希望之光。

「當然不能丟下有困難的人不管囉。是不是，安徒生？」

「咦？啊、沒錯。」話鋒突然轉向自己，漢斯反射性地點頭。「只是我幫得上忙嗎……」

「事到如今只要有人願意，我不會挑三揀四。」賽蓮娜打斷漢斯。「但希望你們要有與我同生共死的覺悟。」

「同、同生共死……這……」她非同小可的宣言讓漢斯不知該作何反應。

「好啊。妳繼續說。」路德維希答道。

「等一下，路德維希先生！你這樣隨口答應沒問題？」

「一個人沒有把握的事，三個人總是會有辦法的。」路德維希笑著解釋，將交扣的手指擱在腿上。「賽蓮娜小妹，快說吧。」

「希望你們聽了來龍去脈，還說得出這種話。」賽蓮娜凝望著暖爐的火囁嚅道。「——這是距今半年前的事。這個國家的人大概都還記得。住在離宮的王子慘遭殺害。」

「是喔，這我就不知道了。畢竟我大概十天前才來到這個國家……安徒生知道嗎？」

聽見路德維希的詢問，漢斯點點頭。

這件事在鎮上無人不知無人不曉。

丹麥王腓特烈六世之子、克里斯蒂安第二王子幾年前開始住在奧登斯的離宮。他在成年後離開哥本哈根的皇宮，在離宮過著自由自在的生活。半年前他迎娶了鄰國瑞典日漸嶄露頭角的伯納多特家之女路薏絲。王子笑容爽朗又爲人厚道，廣受國民支持，卻以極爲悲劇性的方式結束生命。

他新婚不久就被不明人士殺害。

據說照料王子日常起居的一名侍女失蹤了。多數都認爲是那名女子刺殺王子後逃跑。

實際上，沒有半個人清楚詳情。這就是現實。皇室遮遮掩掩內部情況也不是一兩天的事，但這麼重大的案件卻沒有後續報告。聽聞王子死訊後，只剩閒話在鎮上散播。

「失蹤的侍女到現在還沒找到。」賽蓮娜說。

「這樣聽起來，那名侍女就是殺害王子的眞凶。」

「她不是！」賽蓮娜強硬否定。

「妳這麼說……莫非妳知道王子遇害的眞相？」路德維希盯著賽蓮娜的臉。

「不，我不知道眞相。但她絕不是凶手。她沒殺死王子。」

「妳怎麼有辦法誇口？」

「因爲我親眼見到了。」賽蓮娜瞪大美麗的眸子。「她的確……試圖刺殺王子。但沒刺下去。」

「怎麼一回事？」漢斯忍不住反問。

「傳聞中行蹤不明的侍女是我妹妹。」

「妹妹……」

「她因爲某個理由陷入必須殺死王子的處境。但她在刺殺王子的當下猶豫，把匕首丟進海裡。而她本人投身海中，化作泡沫消失了。我們見證整個過程。」

「我們是？」

「我的姊妹們。我們是六姊妹，她是最小的。我們目睹了她的死亡。」

「等等。妳們姊妹到底從哪裡見到？連離宮的位置都不知道的妳，爲什麼有辦法目擊在離宮發生的事？」

對於路德維希的提問，賽蓮娜陷入深思，默不作聲。她不確定該不該坦白。

「你們似乎有所誤會，我要說清楚。首先，我妹妹不是在離宮試圖刺殺王子，而是在船上。然後王子遇害是在那晚過了兩天以後。距離我妹妹化爲泡沫已經過了整整兩天。因此我妹妹根本不可能殺害王子。」

「妳妹妹消失那晚，妳們姊妹全都在船上嗎？」

「不，我們是從海上見到她的。」

「海上？」

「沒錯，我們——」

賽蓮娜說到一半，重新審視漢斯與路德維希似地打量起來。花了很長的時間審視兩人，她才緩緩開口。

「我們在海浪間漂浮，藏身在海面的浮沫中見證一切。我們有辦法在海上漂浮好幾個小時。因為我們是海洋的居民——我們是人魚。」

「哎呀，原來如此。」路德維希豁然開朗地點頭。

「咦？妳是說那個人魚？人魚是……」漢斯跟不上兩人的對話慌張起來。「就是人魚？傳說中出現在海上，以歌聲誘惑水手的人魚……路德維希先生早就看出來了嗎？」

「不，我現在才知道。」他緩緩搖頭。

「那你為什麼能保持平靜？她……她可是人魚！」

「你太過震驚了吧？我們跟她有什麼不同？這樣一路下來，說她是人魚比較合理。不管她是人魚還是惡魔，總歸來說就是不同文化圈的訪客。這不是複雜的困擾。」

「才怪，我有一堆困擾。」賽蓮娜捏起裙擺。「我居然非得穿著這種煩人的玩意。」

「妳馬上就會習慣。」路德維希裝模作樣地笑著回應。「先不提這個，妳爲何要從海底王國遠道而來？果然跟妳妹妹脫不了關係嗎？」

賽蓮娜眉頭深鎖，臉色凝重地點頭承認。「我是要查明王子遇刺的眞相。」

「爲什麼妳必須調查這起案子？妳妹妹試圖刺殺王子，實際上沒下手吧？」

「還是有人不相信。那天起，我們位於海底的王國就陷入恐慌與混亂。拋棄海洋想與人類王子結爲連理的人魚公主，如今成了叛國賊的代名詞。許多海底居民至今仍對那晚最後發生的事情有疑問。」

「也就是說叛國的公主沒能成功與人類結婚，到頭來還刺殺王子逍遙法外——很多人是這麼懷疑吧？」

「沒錯。而且還認爲我們在藏匿她。但就像我剛才說的，她在我們面前化爲泡沫消失，王子也是兩天後遇害。我妹妹才沒辦法殺害王子。然而弄到現在還有人認爲我們包庇自己人作僞證。這件事對意圖發動戰爭的人來說，可能成爲送上門來的棋子。」

「戰爭？事情嚴重起來啦。」

「我們姊妹是小國的皇室成員，我妹妹自然不例外。我們的過錯就是國家的過錯，只能忍氣吞聲背負叛國污名。但她選擇的結局絕非不光采的死亡。我無法容許喪命的她名譽受到污衊。我們不得不證明她選擇這樣的結局。我們必須告訴大家殺害克里斯蒂安王子的眞凶確實存在。」

賽蓮娜匆忙解釋。與成熟的措辭對比，遊移的視線與慌張透露出她的稚氣。

「要追查眞相，就須前往事發地點的離宮。然而海中居民很排斥前往人類世界，遲遲沒有動作。再加上這次的事，許多人認爲應該要禁止與人類接觸。」

「於是妳挺身而出。」

「既然都沒有人要行動——」賽蓮娜的聲音瞬間微弱起來。「我只能自己來了。」

「我了解狀況了，但問題無法輕易解決。發生在離宮的事不在庶民能得知的範圍內。要形容的話，離宮就像天空。我們只能在陸地上遙望，就像妳們從海上遠望陸地。說異國的妳應付不來，不爲過吧。」

聽見路德維希這麼一說，賽蓮娜失望地垂下肩膀。

「我個人對王子的命案很感興趣。正確來說，我對妳涉入這起案件後的風景感興趣。」

路德維希的話讓賽蓮娜困惑地歪著頭，望向漢斯尋求說明。漢斯輕輕聳肩。

「我也聽不太懂，但他想爲這件事畫一張圖吧。」

「正確解答，安徒生。你反應這麼快很好。眞是機靈。啊，對了！這樣正好，我也把你加進畫裡。現在就好期待畫會長什麼樣子啊。」

「風景還是畫，根本不重要！」賽蓮娜眉頭皺緊，拉高了聲音。「我是查清王子的命案而來，不是請你作畫！」

「請妳放心，海底的公主殿下。我這個畫家只描繪眞相。我不打算描繪缺乏整體性的風景。妳終將會在畫布上面帶笑容望向觀眾，而不是像現在這種氣鼓鼓的臉。」

賽蓮娜的表情變得更氣憤，但似乎不願讓人見到，便將臉轉向牆壁。

5

窗外開始染上夕陽的紅霞。

漢斯翹課偷跑出學校，猛然爲自己的立場感到不安。在這裡摸魚眞的好嗎？回家是不是又得挨母親罵了？

「快去離宮吧。」腳痛得賽蓮娜皺著一張臉，仍執意起身。「你們會幫我吧？在太陽下山前帶我過去。除此之外我別無所求——」

「很遺憾，妳再匆忙也無法讓事情有進展。」路德維希制止她。「我想掌握大致狀況。我看看……就從事情的開頭說起。請你跟我們談談妳妹妹的故事。」

賽蓮娜遠望窗外，表情哀怨地坐回地上。她急不可耐。什麼原因讓她如此急迫？

「那是一開始就註定沒有結果的戀情。」賽蓮娜將視線別開漢斯兩人繼續說道。「我們人魚公主到十五歲，可以獲得許可浮上海面，見見太陽與月亮、感受清風與綠色氣息，見識人類居住的城鎮與船隻。我的姊妹們很期待這天，大姊迎接這個日子時，大家全都圍在她身邊聽她聊旅行見聞。她們對人類的生活充滿興趣。」

「問問而已，妳在姊妹裡排行第幾？」路德維希問。

「第四。底下還有兩個人。大家各差一歲，每隔一年都會舉辦見世面的儀式。」

「這樣啊，請繼續。」

「我對人類不怎麼感興趣，也不想看外面的世界。只要能在海底的小花壇種花就滿足了。但大家養成習慣，每逢生日都會向壽星追問旅行見聞，輪到我滿十五歲時，我也必須盡到主角的義務。再不甘願也身不由己。我去了外頭一趟。游到海面上，獨自浮在汪洋的中央望著魚兒游泳，就回去了。即使如此，妹妹還是開開心心地聽我說。我的小妹非常嚮往外頭的世界。」

「就是出事的小妹啊。」

「小妹年滿十五歲，出外旅行的日子來臨了。她從很久以前就期盼著這一天。小妹收下成年證明的花冠，配戴大蚌殼做成的胸飾，出發前往海上。直到現在我都還清清楚楚地記得她興沖沖地前往海上的模樣。但很遺憾的是——她愛上了在海上邂逅的人類。」

賽蓮娜語帶悲切。

聽著已知將悲劇收場的愛情故事，就像雨滴一樣寂寥，像夢境一樣虛幻。

「當晚大海狂風暴雨。人類乘坐的船隻遇難，我妹妹愛上的男人落入海中。碰巧在附近的妹妹救了差點溺死的男人，把他送上岸。」

「那個男人就是克里斯蒂安王子嗎？」

「對。」賽蓮娜撥開前額礙事的髮絲。「她的意中人偏偏是人類國度的王子。要是時光倒流，我就會警告妹妹千萬不能愛上那男人。就算愛上他，也不能救他。」

「愛火可不會因爲勸告就被澆熄。」

「——很難說吧。」

賽蓮娜冷冷回應。「我妹妹對王子念念不忘，病入膏肓。她雖然個性潑辣而且有點思慮不周，也還是個懂得常識的孩子。然而碰上跟王子有關的事，就失去正常判斷力。她最著急自己沒有辦法讓王子得知存在。她很倒霉，王子誤以爲救了自己的人不是我妹妹，而是另一名人類女子。那名人類女子只不過是發現倒在沙灘上的王子。」

「考慮到妳妹妹的立場，的確不是滋味。」

「到最後妹妹瞞著我們離開皇宮。拋棄大海、拋棄家人、拋棄國家，選擇成爲人類。」

「成爲人類……有辦法辦到這種事嗎？」漢斯小心翼翼地詢問。

「那要借助魔女的力量。」

「魔女？」

「她是住在深海的醜陋巫師。沒有人知道魔女何時存在，她平常都在做什麼：她是人類還是人魚，是年輕還是老邁，是渾身成謎的恐怖人物。但我妹妹認為魔女知道變成人類的辦法。實際上魔女也知道駭人的魔法，她調製了能長出人類雙腿的藥劑。」

「既然這樣就能變成人類，不就沒事了？」

「怎麼可能！」賽蓮娜雙眼圓睜。「魔女把我妹妹變成人類的代價，就是奪取她悅耳的嗓音，她被譽為海中第一美聲啊。這就是她們的交換條件，而且藥效有限制——假如妹妹無法與王子結為連理，她就會化為泡沫消失。即使如此她還是接受了條件，收下變成人類的藥，即使她知道自己再也變不回原樣……」

她的心願如此強烈，不惜做到這個地步。

那分愛意宛如海底燃燒的火焰。賽蓮娜與家人們可曾察覺她的心情？

「悲劇揭開序幕。」賽蓮娜凝視著暖爐裡的火。「不知巧合還命運，我妹妹一在沙灘醒來——克里斯蒂安王子就在身旁。她成為人類後第一個遇到的人類，竟然就是心愛的對象。然而妹妹的聲音已被魔女奪去，無法向王子解釋處境。即使如此王子還是看上妹妹的美麗，讓她成為侍女住進離宮。」

離宮在此終於登場。這一刻童話與漢斯的現實搭上了線。來自海底的人魚在漢斯有所不知的期間，住在奧登斯的離宮。

「離宮生活應該持續了人類曆法三個月左右。王子對妹妹寵愛有加，要她隨侍在側，但那並不是愛。他的心情就跟疼愛野生海豚差不了多少。我妹妹竟然覺得這樣無妨，如果維持這種關係，就算無法與王子結爲連理，至少不用分隔兩地，也許不會化爲泡沫。然而這種幻夢卻在轉眼間消逝，因爲王子與鄰國的女孩訂親了。」

克里斯蒂安王子與伯納多特家的路薏絲，在一八一五年十月結婚。這是距今半年前的事。漢斯還記得鎮上喜氣洋洋，人人都掛著幸福的表情。

「那天王子從離宮搭船出海，前往瑞典迎接她。王子是在婚事敲定後初次與路薏絲相會，但據說第一眼見到對方就激動地說：『妳就是我命中註定的人！』」

「該不會那名叫路薏絲的女子，就是以前救了倒在沙灘上王子的人？」

「沒錯。」賽蓮娜點頭。

不知何時路德維希攤開筆記本，拿著鉛筆塗寫。漢斯從一旁望去，紙上沒寫字而是畫了圖。他快手快腳將賽蓮娜故事裡的場景畫出。

「怎麼會這麼巧？」

「或許這就是命運。王子將與路薏絲的重逢視爲奇蹟，是自不待言。婚禮當天舉行，新娘與新郎搭著船踏上回到離宮的歸途。」

賽蓮娜在短暫的沈默後再度開口。

「那一晚成了我妹妹的最後一夜。如今王子與其他女子立下山盟海誓，妹妹的戀情註定破滅，她將隨著旭日東昇化爲海上浮沫。」

「妳妹妹跟王子一起上了船。」

「沒錯。當時海底的我們在尋找拯救妹妹的方法。我們早就知道妹妹拋下海洋離去，得知她沒剩多少時間，在海中東奔西走尋找拯救她的方式。到頭來姊妹選擇再次借助魔女的力量。跟魔女談判、詢問是否有救她的辦法，魔女給了我們一把匕首。她說用那把匕首刺王子的心臟、用湧出的血液抹在腿上，妹妹就能再次變回人魚回到海裡。我們每個人將自己的長髮獻給魔女，收下那把短刀。」

賽蓮娜不經意撫摸自己的頭髮。現在已經留長。

「爲了幫助妹妹，我們偷偷摸摸靠近船。不能讓妹妹化爲海沫。她拋下大海變成人類的傳聞已經傳遍全國上下，那晚的下場說不定更震撼全國。我們將匕首交給妹妹，解釋用法：只要在日出前殺死王子，她就能得救。雖然變回人魚，可能也沒有她的容身之處——但比化爲泡沫消失好。我們守候著她決定。誰知道——她不忍心刺殺王子。她在日出前將匕首丟進海裡，追隨似地跳下海……」

旭日來臨。

據說賽蓮娜等人在岸邊飄盪，直盯著克里斯蒂安王子與路薏絲甜蜜地下船回到離宮。

「隔天早上，王子直到離開船前的最後一刻，都還在尋找失蹤的侍女。既然這麼重視她，怎麼不回應她的愛？要是無法回應，死在我妹妹手上剛好。」

賽蓮娜的話聽在漢斯的耳裡有些奇妙。

她的口氣彷彿不在乎妹妹是否是殺害王子的凶嫌。

不對——仔細一想，把用來殺害王子的匕首交給妹妹的，就是賽蓮娜她們。在賽蓮娜眼中，妹妹必須是那名刺殺王子的凶嫌。

然而實際上王子卻活了下來，並且在兩天後原因不明地被某人殺害。

克里斯蒂安王子究竟出了什麼事？

是誰殺了他？

又是爲了什麼？

漢斯心中逐漸產生探究眞相的念頭。

「說起來，我也覺得妹妹很可疑。她說不定用某種方式成功殺死王子，現在仍存活在某處……我希望如此。她好歹是妹妹。就算背叛國家，我也無法恨她。」

「然而她化為泡沫消失了。」路德維希接著道。「這不是種比喻，她是真的變成泡沫了。這下我終於聽懂狀況了。也就是說在妳看來最重要的不是『誰是殺害王子的真凶』，而是證明『妹妹化為泡沫消失』這項事實。」

「我一開始不就說過了嗎？」賽蓮娜氣憤地噘嘴。

「不不不，我們可沒聽說魔女開的條件。這在邏輯上是少不得的重要前提。要是沒有這項條件，她照樣可以在兩天內找地方躲藏，再刺殺王子。然而既然有這項條件，她不可能是凶手。」

路德維希闔上筆記本，調整坐姿，十指互扣擱在膝頭。漢斯也迷迷糊糊地被他感染，端坐起來。

「我整理一下。妳們把匕首交給妹妹的那晚，她要是沒刺死王子，就會隨著天亮消失。這是魔女開的條件。她面臨二選一的局面，最後選擇變成泡沫。然而王子兩天後慘遭某人殺害，開始有人懷疑她當時的選擇，進一步出現妳們藏匿她的揣測。」

「還有人逼我們交出叛國者。」賽蓮娜閉上雙眼疲倦地說。

「要是能證明她化為泡沫消失的話，至少能攻破妳們包庇她的流言。為此就必須找出殺害王子的真凶，證明是她以外的人殺死了王子。這樣子才能洗刷她涉案的嫌疑。」

賽蓮娜就是爲了得知眞相，從人魚之國遠道而來。

既然在她的國度，克里斯蒂安王子遇刺的眞相會左右未來，不難理解她如此拚命。

但漢斯很擔心賽蓮娜。

漢斯感覺到她堅強的舉止彷彿是由繃緊的線撐起，那是隨時會斷裂的危險絲線。而驅使她心靈向前的動力不是勇氣，是不可逃避現實的使命。她無疑有必死的決心，面對現實。

即使這般犧牲也不得不面對的現實，本來就美好不到哪裡。漢斯的念頭往往在逃避現實，尋找不存在汚穢的動人幻想。閉上雙眼，就能來到永遠歡迎漢斯的溫柔樂園。

說不定兩人的邂逅是種必然。

少女欲與現實對峙，而少年爲追求幻想徬徨。

兩人在現實與幻想的縫隙交會。

6

「來分析王子凶殺案。」路德維希繼續說。「我完全沒有資訊，你們知道多少？」

漢斯大力搖晃腦袋。

當時街頭巷尾人人全在討論王子在婚禮兩天後慘遭殺害，但漢斯不敢多聽流言。嚴格的母親告誡他不能做這種大不敬的事。

「我也一樣，幾乎什麼都不知道。」

賽蓮娜聳聳肩回應。

「這樣啊，不確定的事真多。這下麻煩了。殺害克里斯蒂安王子的凶手。也可能是與妳們毫無瓜葛的刺客。」

「不，不可能。」

賽蓮娜抬起頭堅決地否定。

「妳怎敢誇口？」

「用來殺害王子的凶器是魔女的匕首。」

「真的嗎！」路德維希興奮起來。「這也是重要線索。妳怎麼現在才說？」

「我不是刻意隱瞞。」賽蓮娜露出困窘的表情。路德維希的激動反應讓她不禁往後退，肩頭縮起。

「確定沒搞錯？妳是怎麼得知這件事的？」

「大我一歲的姊姊找到掉在離宮護城河底部的魔女匕首。上頭還黏著泛黑的血跡，海底的姥姥告訴我們，那無疑是高貴人類的血液。聽說王子的屍體在尋獲短刀的護城河旁房間發現。」

「被妳妹妹扔進海裡的短刀，怎麼會跑到離宮的護城河裡？」

「我不知道。」

「原來如此，難怪妳妹妹會被懷疑。這狀況完完全全指向妳妹妹就是凶手。」

「可是她——」

「我明白。」路德維希努力動腦似地按著太陽穴。「這樣看來，問題就變成魔女開的條件效力有多強。比如說妳妹妹原本會在天亮時變成泡沫，但要是實際上有幾天的緩衝空間呢？說不定她可以深入海底撿走匕首，兩天後重新刺殺王子。」

「懷疑魔女的條件沒有意義。要是條件有漏洞，魔法本身就無法成立。妹妹是靠『若無法與王子結爲連理就會變成泡沫』這個條件才能變成人類。這個條件則以『克里斯蒂安王子和路薏絲正式結婚』告終。那晚勢必成爲我妹妹的最後一夜。」

「這樣的話……就變成有個不是妳妹妹的人得到了魔女的匕首，入侵離宮刺死王子。爲什麼要特地選擇被丟進海底的魔女匕首當凶器？還是說凶器因緣際會落入犯人手中……」

路德維希自問自答地低喃。

漢斯與賽蓮娜只能望著念念有詞地陷入思考的他。

在這段期間，窗外逐漸出現夜意。第一顆星自森林彼方攀升，蟲鳴迴盪在寂靜中。暖爐中柴火爆裂，聽起來像告知日終的訊號。

路德維希似乎想到了什麼，突然抬起臉凝視著賽蓮娜。

「話說回來，妳又是怎麼弄到人類的雙腿？」

路德維希指著賽蓮娜倒映著暖爐火焰的赤紅雙腿問道。

「跟你猜的一樣。」賽蓮娜摸著腿說。「我借了魔女的力量。」

「條件呢？總不會是實現戀情吧？」

「你覺得我會愛上人類嗎？怎麼可能。她向我開其他條件。」

「什麼條件？」漢斯插話。

「要是沒找到殺害克里斯蒂安王子的眞凶，就得化爲泡沫消失——」賽蓮娜淡漠地回道。

漢斯啞口無言，視線轉向眼前抱腿蹲坐的賽蓮娜腳邊：像是要確認那雙腿並非幻影，也像惋惜它們終將消失。

「路德維希，剛才你說殺害王子的眞凶身分不是重要問題。沒有錯，它只是證明我妹妹化爲泡沫消失的必要要素之一。但現在，卻成爲我活下去不可或缺的條件。」

賽蓮娜筆直地望著路德維希。

「可是……魔女沒有給時間設限吧？」漢斯慌亂追問。「妳不用擔心變成泡沫吧？妳想想看，你妹妹是到王子被別人搶走爲止，但妳應該不會像這樣超過時限……」

「不。很遺憾，我反而比妹妹更沒時間。」

「爲什麼……？」

「魔女行使魔法時，不只會要求條件，還會索取回報。我妹妹當時是聲音。借匕首時是頭髮。我求變成人類的藥時則是——」

賽蓮娜輕輕觸摸自己的左胸。

漢斯想起那裡有道巨大的傷痕，不禁戰慄。

「心臟。」

「啊！」漢斯無法克制地出聲。

路德維希也說不出話。

「你們人類也知道人魚很長命。還有人相信喝血能永生不死，跑來獵捕人魚。永生不死太誇張了，但壽命確實遠比人類長。人魚的心臟就是如此強而有力。證據就是我的心臟目前仍在魔女那邊，但脈搏仍未停止。」

「那麼將心臟恢復……」

「並非不可能。」賽蓮娜點點頭，目光垂落胸口。「然而從身上割下的心臟只能撐七天。」

「七天？」

「沒錯，我必須在心臟停止跳動前揪出眞凶，回到魔女那邊。」

「要是來不及呢？」

「頂多死掉。」

賽蓮娜事不關己地說。但漢斯無法認爲她眞的冷靜接受事實。他注意到賽蓮娜的肩膀正微微發顫。

僅剩七天的性命——

難怪她這麼匆忙。要是知道自己七天後就會斃命，當然會坐立難安。若是還有必須完成的任務，就更不用說了。

「妳什麼時候把心臟交給魔女的？」

路德維希一臉嚴肅地詢問。

「以人類曆法來說是星期二。海底與人類國度的時間流動略有不同，這點魔女跟我解釋過。包含誤差，人類時間的七天內，也就是從星期二算起到下個星期一結束那刻，天亮之前就是我所剩的時間。」

今天是星期三，而且快要結束了。

「這樣時間也太少了！包含今天剩下六天……居然要找出殺害克里斯蒂安王子的真凶……」

「我辦不辦得到不是問題。接下來該做什麼才是問題。」

「可是……」

「漢斯，我已經踏上不能回頭的路了。我把糾葛都留在海底。現在只能前進。」

賽蓮娜的決心堅定不移。然而表情完全不是，更像死了心。

漢斯很震驚，見到緩緩邁入死亡的人。

一如過去的父親。

「但這樣看來，妳連離宮怎麼去都不知道，太疏於準備吧？」路德維希的口氣調侃。「有走失的街貓，妳是走失的人魚。」

「這我很清楚！」賽蓮娜怒聲。「我知道怎麼從海邊過去。都怪你們把我帶到這種地方，我都搞不清楚路了。從陸地到底該怎麼過去……漢斯，該不會連你都要嘲笑我？」

「我、我沒有。」

「我們來帶妳去離宮。」路德維希說。「但在最慘的情形下，妳也可能倒在海邊就過了三、四天。妳要感謝安徒生的引導啊。」

「這我明白……謝謝你，漢斯。」

賽蓮娜直視著他，大方致謝。

「不會，我也沒做什麼……」

賽蓮娜的眼神令漢斯難爲情，別開了臉。

「話說回來，你們相信我講的事？」

賽蓮娜突然問起奇怪的問題。

「咦，難道全都是假的？」漢斯問。

「我可沒這麼說。」賽蓮娜慌慌張張地回應。「我只是疑惑人類居然這麼輕易就相信我們人魚的存在……」

「賽蓮娜小姐不是人魚嗎？」

「我說過我是。」

「那我就相信妳。」漢斯明快回應。「不只是相信，我很高興能認識人魚賽蓮娜小姐。因爲妳讓我知道這世上存在宛如童話的世界。」

如夢似幻的童話世界緊鄰著寂寞無比又無趣的現實。漢斯就是靠著想像那種世界存活至今。他的夢想就是有朝一日親眼目睹另一端的世界。說起來賽蓮娜可是他心儀世界的居民。

起初漢斯的確嚇了一跳，卻不曾懷疑人魚的存在。不僅如此，他甚至相信自己總有一天會與她這樣的存在相遇。

「是嗎……幸好我一開始遇到你這種單純的人類。」

賽蓮娜毫不愧疚地說。她想認同漢斯，但漢斯五味雜陳。

「但那邊的大人眞意爲何，我就不知道了。」

賽蓮娜一臉懷疑地望著路德維希。

原本盯著窗戶的路德維希將視線轉回賽蓮娜，歪著頭說道。

「我怎麼了？」

「不，沒事。」賽蓮娜冷冷回應。「我打從一開始無意與人類產生關聯。我不覺得人類能理解我，眞要說起來也不知道該怎麼與人相處。我打算一個人解決所有問題。」

「這怎麼可能辦得到？」

「我也說過這不是辦不辦得到的問題。我必須這麼做。」賽蓮娜瞥了漢斯。「到頭來卻變成這樣。我指望你們能幫助我。雖然不願借助人類的力量，但別無選擇。沒有時間了。」

賽蓮娜露出悔恨表情，接著鄭重地正對著漢斯兩人。

「幫幫我吧。」

「這還用說！」

漢斯反射性地點頭答應。然而一想到自己能做什麼，不安就湧上心頭。他深深地覺得必須面對的現實就像是過於巨大的怪物。

「我路德維希．埃彌兒．格林也願意爲妳盡綿薄之力。」路德維希特地起身，行了宛如貴族的禮。「但今天已經很晚，沒有多少能做的事。該爲明天的行程睡覺了。」

「你在說什麼，我已經沒——」賽蓮娜想要站起來，但腿似乎仍在發疼，步履蹣跚。

「妳從習慣這雙腿開始。這間旅館似乎還有空房，妳就以這裡爲據點吧。」

「這不中用的腳……」賽蓮娜輕握拳頭，怨恨地捶打自己的腿。

「沒什麼好急的。還有六天。」

路德維希的話聽在漢斯耳裡有些可靠。聽了賽蓮娜的故事仍能維持平心靜氣的膽識令他安心。在路德維希的打點下，賽蓮娜的房間馬上就好了。老闆娘對路德維希的緊急要求也很配合。

「好好休息。探險就從明天開始。知道吧？」

賽蓮娜點頭，乖巧進房。她聽著路德維希叮嚀的樣子就像個孩子，她是否累壞了。

留在走廊上的漢斯憂心地對著門呼喊。

「我一定會爲賽蓮娜小姐盡一份力！」

門後沒有反應。

漢斯的心七上八下的，他仰望身邊的路德維希。

「放賽蓮娜小姐一個人沒問題嗎？」

「她那雙腿不能跑遠。她自己很清楚。」

「希望如此……」

由於能體會她的焦心，漢斯很不安。

「問題比較嚴重的是你，安徒生。你一翹課就翹到現在。我送你回家吧。你的媽媽想必很擔心你。」

「這……說得也是。」

如今漢斯面臨人魚公主與王子凶殺案，學校的問題顯得微不足道。而接下來該回去的地方又是現實，他強烈感覺家就像位於遙遠的地方。

要是回到家，今天發生的事會不會就像夢一樣無疾而終？

那個地方是反覆上演的日常起點。

漢斯頭一次覺得自己不想回家。

「來，快走吧，安徒生。」

「啊，好的。」

漢斯跟在路德維希的後頭，以免被他看穿心中尋思，離開旅館。

天空滿是閃耀星光。溫暖的春日夜風吹拂而過。他轉過頭尋找賽蓮房間的窗，但每扇窗戶都吹熄了燈光。

「眞是太不可思議了。」

走在漢斯略前方的路德維希說。他的黑衣與夜色交融在一起。

「什麼不可思議？」

「回過神來我們就隨波逐流來到奇異的狀況。就像你那個寶貝木偶。」

「嗯。好像被牽扯進很大的問題。」

「我和你剛認識，卻覺得你就像老朋友。」

「我起初以爲路德維希先生是個可怕的人……」

說到這裡，漢斯思考起來。

儘管順著情勢與他共同行動，到頭來漢斯仍未充分了解他。起先他可是來宣告父親死亡的死神。如今他是與賽蓮娜約定同進退的關係。要稱朋友還顯生疏，稱認識的人又太親近了。他們之間以奇妙的緣分相繫。

斜斜望著幽暗的森林，兩人朝著漢斯家所在的貧民窟前進，肩並肩走著。

「不過路德維希先生相信她的話讓我好意外。我以爲聽到人魚公主、魔女或是來自海中，大人都會懷疑。」

「一般應該會覺得她腦子不正常。」路德維希回頭笑道。「或懷疑她有病。她昏厥可能也是因爲精神錯亂。說她是人魚？這年頭連小孩都不會相信這種話。」

「是……既然如此，爲什麼路德維希先生還相信她？」

「因爲她沒有脈搏。」

「脈搏？」

「你摸摸看自己的脖子。應該溫暖又有血液汩汩流動的觸感。那就是脈搏。我起初檢查賽蓮娜脈搏時，沒在她身上確認到這些徵兆。我一開始判斷她死了。」

「賽蓮娜小姐身上沒有血液流動嗎？」

「如果魔女搶走她的心臟是事實，沒有脈搏這個狀況在邏輯上算合理。失去心臟還能繼續生存，應該是人魚的生命力遠比人類強大。無論如何，她不是人類。要不然就無法解釋。」

「所以你才相信賽蓮娜小姐是人魚。」

「但坦白說我沒完全相信。」

「咦？聽你說得有模有樣，以爲你完全相信了……」

「無法像你一樣率眞。我好歹是大人。」路德維希苦笑。「不管脈搏，我懷疑她說的人魚與魔女也可能是比喻。」

「比喻？」

「她把不便透露的內情轉換成童話來說明。她身分高貴這點錯不了。但正因她無法輕易表明身分，才會用比喻來說明。這是慣用手法。」

路德維希的說明頭頭是道，但有許多疑點。撇開賽蓮娜的心臟，假如她眞的是遙遠國度的公主，這種人怎麼會一絲不掛倒在沙灘上？

「無論如何，她身懷重大問題是事實。幫助求救的少女不是出於好意，而是義務。你說是吧？你們的冒險早已揭開序幕。」

「我們的？路德維希先生不算在內嗎？」

「我只是個畫家。畫框外的人，畫你們就是我的冒險。」

路德維希的話有時還是難以理解。漢斯困惑地歪著頭，卻也不敢多問。

「對了，安徒生。若要調查王子凶殺案，未來就必須進出離宮。你的親戚裡有隸屬皇室的人嗎？」

「怎麼可能。」漢斯自暴自棄地回答。

「我想也是。那有親近皇室的人嗎？」

「唔嗯……」

漢斯邊走邊想。絕不算富裕的平凡市民，怎麼可能有與皇室扯上關係的機會。

然而要解決賽蓮娜的問題，就必須前往離宮……

「用不著露出這麼爲難的表情。不用著急。我們今晚慢慢想，再來商量對策。」

道路前方已可見到漢斯的家。

回到家裡，今天就結束了。

「請問……」漢斯戰戰兢兢地問。「明天我也可以到路德維希先生那邊嗎？」

「當然囉。」

「非常謝謝。」

漢斯說完就朝家裡邁開腳步。

「要不要我跟你媽媽解釋？」

「不用，我可以搞定。」

這件事他不想告訴任何人。他想當成屬於自己的祕密。要是不這麼作，他覺得路德維希與賽蓮娜都會消失。

「明天見。」

路德維希向他道別，轉身踏上歸程。

漢斯目送著他，直到他的身影沒入黑暗，無法辨識。

period I

一七九三年——地中海

魔女住在位於深幽、發出巨響的海渦盤旋的海流深處。那一帶非常陰暗，沒有珊瑚，沒有海草，是荒廢的灰色沙地。有種稱為水螅的生物會用牠的觸手纏住闖入此地的可憐魚兒，在此據地為王。

魔女之家像白色磚瓦房，美輪美奐，但仔細一看就會發現那不是磚頭，而是死在海底的人類白骨。寬大的門扉前有巨大的海蛇盤據骷髏頭，守護這棟房子。人魚公主一靠近房子，海蛇就張開嘴巴吐出舌頭，彷彿隨時撲上。

「住手！」

屋內傳來嘶啞的聲音。海蛇忿忿不平地回到了巢穴。門緩緩開啓。

「我早知道妳會來，知道妳為何而來。」

人魚公主慌張起來，魔女招手請她進入。態度溫柔得令人害怕。

「快拋棄成為人類這種愚蠢的想法。從古至今，人魚只要跟人類世界扯上關係，絕不會有好事。妳會給大家帶來麻煩。不只是海底，人類世界想必會發生駭人之事。這不是忠告，我預測妳將害死許許多多的人類。」

魔女以顫抖的手將裝著液體的小瓶子塞進櫃子深處，就像是要藏起瓶子。瓶內閃閃發光的液體，在人魚公主眼裡無比誘人。

「沒錯，喝了這藥就能如妳所願，妳絕美的尾鰭將會消失，長出醜惡的人類雙腿。隨之而生的疼痛，就像被幾百把刀刃戳刺。妳踏在大地上的每一步都會伴隨痛苦，妳一定忍受不了。話說回來妳也無法變成人類。我不能把這個藥交給妳。很遺憾，這就是規矩。」

魔女披著宛如破布的頭巾，幾乎見不到她的臉。但人魚公主覺得她現在臉上一定露出壞心眼的表情。

喝下那瓶藥，就能變成人類了。

我想變成人類，去那個人的身邊。

「喏，快回到大家身邊吧。回頭是岸啊。」

魔女出言趕走人魚公主，轉身背對，準備把櫃子上色澤令人作嘔的飼料餵給海蛇。

人魚公主無法離去。她沒有迷惘。她來到這裡，就知道無法回頭。

人魚公主走向魔女。

「哦，妳還在啊。」

魔女轉頭驚呼。

此時，她的臉醜陋扭曲，露出了可怕的表情。

第二章

一八一六年——丹麥・奧登斯

1

隔天早上，漢斯一醒過來就檢查枕邊是否擺著父親的木偶。

——有。

拿起木偶，昨天一波三折的邂逅隨即歷歷在目。

不是夢。

就算是夢，也還有下文。想到這裡漢斯坐立難安，趕緊跳下破破爛爛的床鋪。

漢斯的母親一個人坐在窗邊的椅子上望著窗外。她的眼神就跟父親凝望冰雪女王時一模一樣。她發現漢斯清醒下床，悄悄看了一眼，又若無其事地再次眺望窗外。

感覺不對勁。

母親彷彿不是同一個人。

昨天一回到家就被母親臭罵一頓，不過她的怒火跟平常不太一樣。母親彷彿透視漢斯的身體，對著牆壁發飆。漢斯不禁覺得自己身處現場，卻像個透明人。

原來如此——不一樣的人說不定是自己。

莫非是世界的扭曲把自己推向了遠方？

聽著母親宛如異國小調的抱怨，漢斯切身感受。就連破舊屋簷的嘎吱作響，聽起來都成私密呢喃。漢斯至今夢想已久的世界，正一步步侵蝕著現實。兩者境界逐漸模糊。

漢斯緊握遺物的木偶，換下睡衣。

「我早一點去上學。」

「是嗎。慢走。」

母親的回應很平淡。

這個時間上學還嫌早，漢斯原本以爲會挨罵，她卻出乎意料地乾脆。推開家門時，漢斯忍不住停下腳步回頭一看，母親仍然盯著窗外。漢斯逃也似地跑出家門。

早晨的風有甜美的香氣，就像染上綠意。路上沒有行人，石板路的污漬彷彿是昨天過客留下的殘影。這些污漬悄然無聲地熱鬧了整條街。

漢斯的目的地是路德維希下榻的旅館。

他打從一開始就不打算上學。再過一點點時間，賽蓮娜的心臟就要停止跳動。他沒有時間在教室朗讀乏味的教科書。

漢斯小跑步穿過河岸邊的路。經過石橋旁邊，有顆金色的頭猛然浮出奧登斯河平穩的河面。自雲層的縫隙灑落的朝陽，將散落在水面的髮絲照得宛如黃金絲線。

「喂——漢斯。」

那顆頭對著漢斯大喊。

她是——無疑就是——賽蓮娜。

「妳在這種地方做什麼啊？」

漢斯跑到石橋中間，將身體探出扶手大喊。

然而賽蓮娜默默無語地迅速游到岸邊。她從那裡上岸，撿起她丟在草叢裡的衣物。遠遠望去她一絲不掛。

她不耐煩地穿起衣服。漢斯連忙跑到她身邊。當漢斯抵達時，她衣服已經穿完。只不過蝴蝶結綁得歪歪扭扭，裙子說不準是前後相反。

「早安，漢斯。」

賽蓮娜頂著溼淋淋的頭髮走上小徑。她的行爲亂七八糟，舉止卻有公主的氣質。漢斯慌慌張張地跟在她後頭。

「早安……是說妳還好嗎？發生什麼事了？怎麼會掉進河裡？」

「你真囉唆，我才不是掉進去。」賽蓮娜轉身，露出一雙上揚的怒目。「我想試試看人類的身體可以游多久。但……果然沒辦法像在海底隨心所欲。游一陣子就會因爲肺需要空氣而發悶。人類眞是不方便。」

「這麼說來妳的腿……已經沒問題了嗎？」

「怎麼可能沒問題。我每走一步就痛得要命。我妹妹居然還能用這種腳跳舞。」

賽蓮娜一臉扭曲。不過她走路的姿勢漂亮許多。

漢斯覺得她或許是不想對人示弱。肩並肩同行時，賽蓮娜的身高比自己略高，以人類年齡計算的話，應該比較年長。漢斯能懂她這樣的人不想讓年幼、個子更小，而且還是人類的自己見到軟弱的一面。

「漢斯，我信任你，卻不信任另一個叫路德維希的男人。你與路德維希什麼關係？」

「這個……我們因爲一些小事認識……路德維希先生說想畫我……」

「好可疑。」賽蓮娜瞇起眼睛。「無論如何，幸好你們沒有緊密的關係。我不信任他，他大概也不相信我。我不需要他相信。說服他太浪費時間了。」

或許猜忌這檔事，就算藏在心裡仍會隱約透露出來。

「但他應該會幫助妳吧？」

「很難說。聽說人類會捕捉人魚高價轉賣，喝人魚血。實際上真的有同胞被抓。再說人類會污染海洋。戰爭與開發使得瓦礫、屍骸與死掉的魚落入海底。我討厭人類，不相信他們。」

賽蓮娜說得這麼明白，即使錯不在漢斯，他依然愧疚。

「然而不求助於你們，我什麼也做不到。我會對你的意見有最低限度的尊重，漢斯。」

「謝、謝謝妳。」

「但那傢伙我打算聽進五成。」

她非常不信任路德維希。

白雲彼端朝陽朦朧的光輝逐漸向天空延展，漢斯與賽蓮娜一起走在石板路。到處都感覺不到生物的動靜，除了眼前路過的野貓。彷彿這座小鎮的人類同時失去蹤影。

漢斯配合著賽蓮娜的步調行走，沒想到她踏上了與旅館不同方向的路。

「不是那邊。」

聽到漢斯出言提醒，賽蓮娜輕輕搖頭，指向道路前方。

「你說不是哪邊？」

「妳不是要回旅館……」

「我要直接去離宮。」

「咦，那路德維希先生呢？」

「他繼續睡大頭覺。」

賽蓮娜越走越快，漢斯只能緊追在她後頭。

「妳就這麼討厭路德維希先生？」

「對。跟討厭其他人沒有兩樣。」賽蓮娜堅定地說。「我很感謝他救了我還幫我安排住處。雖然本意不明，他自願協助我，讓我很欣慰。然而這個跟那個是兩件事。」

「哪個跟哪個？」

「你們的好意與我的想法。」

「我不太懂……既然妳這麼討厭人類，難道就不排斥變成人類來到這裡嗎？」

「漢斯，事情已經複雜到無法靠我的好惡來決定了。要是這件事處理時出了紕漏，海底將無可避免腥風血雨。混亂說不定會持續數十年。這樣一來，對人類世界多多少少會產生影響。比方要是海底發生大規模戰爭，海洋將會波濤洶湧，船隻翻覆，魚群死絕，漁獲驟降。海嘯襲擊陸地，沖垮沿岸房屋。人類還來不及得知前兆，就會面臨無可挽回的災難。」

賽蓮娜的話讓漢斯想起聖經描寫的末日。他實在無法相信他們如今正面對這般危機。

「諷刺的是證明我妹妹苦戀的結局，成了拯救雙邊世界的辦法。我被賦予證明責任。」

「賽蓮娜小姐是從剩下的五姊妹裡被選出來吧？妳們怎麼決定的？」

「所有姊妹一起商量出來的。」

賽蓮娜彷彿回想起很久很久以前的事情，邊走邊仰望天空。

「長女保護家裡留在海底。次女最擅長游泳，比起變成人類來到陸地，待在海裡更有用。三女最有勇氣，敢潛入人類居住的河川與離宮護城河。發現凶器的也是她。她最適合變成人類前往調查，但大家認爲她要留在手上當王牌。五女在少了六女的現在成了最小的孩子。不能讓最小的孩子成爲犧牲品。到頭來只有我沒有任何優點，最適合這個任務。」

「妳剛剛說『犧牲品』……」

「就是原原本本的意思。」賽蓮娜的側臉透出放棄一切的陰霾。「畢竟要交出心臟離開海洋，跟送死沒兩樣。與其說是英雄，更像是祭品。」

「太過分了！竟然要妳當祭品。」

「我的生命要是能讓海底與海上維持和平，划算得很。」賽蓮娜聳肩。「但不打算白白浪費生命。我一定要找出王子凶殺案的眞相。這是使命。」

她想必會主張自願接下這個擔子。然而事實上，她大概只是被大家推了一個燙手山芋。難以想見她對世界和平有興趣。尤其關於人類世界的事，她應該毫不在乎。即使如此還是離開海洋，是爲了家人與姐妹嗎？還是守護妹妹的名譽？或者是查明眞相的使命感？

漢斯偷看一眼賽蓮娜的側臉，讀不出她的心思。

「對了……賽蓮娜小姐……」

「怎麼了，漢斯？」

「妳知道離宮怎麼去嗎？」

「我不知道。」賽蓮娜猛然停下腳步，退到一旁把路讓給漢斯。「你帶我走。」

漢斯照著她的要求帶路，下一秒改變心意似地停下腳步。賽蓮娜差點撞上他的背。

「什、什麼啦，怎麼了？」

「就算直接過去，人家也不會讓我們進到離宮裡面。離宮的出入口有警衛，裡頭有衛兵，聽說要是有賊，馬上會被逮捕。像貓抓老鼠。」

「都走到這裡了，你要回去嗎？」賽蓮娜一臉遺憾。

「不是，然後……我昨天晚上一直在想，要怎麼做才能進去離宮……」

「你想到什麼好辦法了嗎？」

「是的。雖然我沒有自信……」

漢斯小聲說明。

生於貧民窟的漢斯沒有與丹麥皇室交情匪淺的人脈。父親是鞋匠之子而母親是貧窮孤兒，哪能奢望有皇家血統。置身階級森嚴的社會，現實就是弱勢族群沒有機會與上流社會接觸。

然而漢斯想到唯獨一名可能與上流社會有交情的人。

她是文克弗洛德牧師夫人。

文克弗洛德牧師夫人是這一陣子漢斯最親近的大人之一。她的家裡有許多書籍，從路邊往窗內望去也能見到。喜歡看書的漢斯每次路過都會停下腳步，對成堆的書投以憧憬。

有一天文克弗洛德牧師夫人走出門叫住漢斯。她之前就很在意依依不捨地望著書的漢斯。邀請漢斯進入家中。在此之前漢斯眼中唯一的書籍，是父親擁有的破舊劇本與詩集，此後終於能踏入文學的世界。

漢斯的想像力與識字能力，說是在文克弗洛德牧師夫人家中大幅成長也不爲過。

她的丈夫是平等關愛著上至貴族下至庶民的牧師，爲奧登斯的許多居民洗禮過。想當然耳，他與上流社會自然有緊密關係。只是牧師幾年前就離開人世，夫人成了未亡人。即使如此，見了往來她家訪客的穿著打扮，也能一眼看出她受到上流階級認可。

「拜訪那名寡婦，就能進離宮嗎？」賽蓮娜問。

「我不知道。但在我認識的範圍裡，在離宮可能有人脈的就只有文克弗洛德牧師夫人。就算她沒有管道，或許能介紹與皇室親近的人。」

「原來如此。」賽蓮娜服氣地點點頭。「雖然捨不得繞路，或許這樣最好。」

「走吧，往這邊。」

自己的想法受到認同讓漢斯很高興，來到前頭繼續前進。

不久，文克弗洛德牧師夫人的住處映入眼簾。那是一棟與漢斯家無從比較的雄偉建築。

「不過怎麼求她？又要把我的故事從頭說起嗎？」

「啊、對了，嗯……」漢斯不禁停下腳步思考起來。「乖乖說出來，人家可能不會把我們當一回事。必須有別的說詞……」

追根究柢，她是否願意在這種大清早見客？說不定失禮的拜訪反而讓對方警戒。

「隨便求一求，她應該就會帶我們去了吧？」

「真有這麼輕鬆就好……但那裡好歹是離宮，沒有要緊的理由可不會放行。」

「調查王子凶殺案難道還算不上要緊的理由嗎？」

「不，我不是這個意思……」

「——算了，走吧。」

賽蓮娜抓住漢斯的手腕，拖著他走向夫人家。她的手又小又冰冷，接近冬季的海洋。她揪住手忙腳亂的漢斯不肯放手。

文克弗洛德牧師夫人家的窗邊掛著薄薄窗簾，隱約窺見內部。書櫃前面有個人影。

「她在。」賽蓮娜壓低聲音說起悄悄話。「漢斯，跟她說我是你在遙遠國度的親戚。之後附和我的話就好。我把話題帶到參觀離宮上。」

「咦、咦？」

漢斯陷入一團混亂，賽蓮娜已敲起大門。

「跟漢斯認識的寡婦，妳要是在家就快出來。我要找妳。」

賽蓮娜對著門大喊。

她一來就擺出蠻橫的態度。

漢斯的臉失去血色。沒辦法，她是人魚——說這種藉口，對方想必不會領情。

「賽蓮娜小姐，妳說話太衝了。應該要更有禮貌一點……」

「我不打算計較這種事。」

「這不是計不計較的問題。」

「夠了，漢斯你給我乖乖待在旁邊。」賽蓮娜怒道。

「對不起……」

「寡婦，快給我出來。」

賽蓮娜彷彿對著門板發洩焦躁，瘋狂敲起門。她神經兮兮又個性謹慎，似乎還出乎意料地有著急躁的一面。

「來了來了，請問哪位？」

文克弗洛德牧師夫人終於探出頭。她是一位面露和藹笑容的女性。年約三十上下，還很年輕。她有張知性的臉孔，穿著沒有任何破洞的整潔衣裳。

文克弗洛德牧師夫人看了一眼賽蓮娜，接著見到躲在她背後的漢斯。

「哎呀，是漢斯。怎麼這麼早來？不去上學嗎？」

「這我……等下才要去……」

「這位小姐是？」

「她、她是從很遠的國家來的賽蓮娜小姐。」

「很遠的國家？該不會是英國吧？」

「不是，她是從更遙遠的地方來的。」

「早安，文克弗洛德牧師夫人。」

單論招呼，賽蓮娜的表現很得體。只是隱然的高傲態度仍未改善。

果不其然，文克弗洛德牧師夫人瞠目結舌。

「我與漢斯有事要去離宮。因此想叫妳帶路——」

漢斯連忙打斷說到一半的賽蓮娜。

「她剛來到這座城鎮，正在找可以觀光的景點……」

「觀光？」

文克弗洛德牧師夫人狐疑地望著賽蓮娜。賽蓮娜不動如山，充滿自信地挺著胸膛。

再這樣下去夫人會心生懷疑，拒絕他們。

漢斯前額冷汗直流，在心中找起說詞。

怎麼辦……

此時屋裡傳來了另一個人的聲音。

「文克弗洛德夫人，怎麼了？」

是訪客嗎？

「沒事，是常來我家玩的孩子……」

文克弗洛德牧師夫人對著屋內回答。

裡頭有個高眺挑男子的身影。

穿戴熟悉的黑衣黑帽。

不健康的臉孔與態度。

毋庸置疑就是路德維希。

「路德維希先生怎麼在這裡？」

「我才驚訝你們知道我在哪裡。」

漢斯與賽蓮娜啞口無言，彼此對望。

2

「我剛來這座城鎮時，路過見到這裡的藏書就很好奇。這裡不是很多我祖國弄不到的書嗎？我問夫人方不方便借我，她大方同意。我承蒙她的好意，這裡就成了我的祕密基地。」

路德維希翹起一雙長腿坐在椅子上，揮著誇張的手勢說明。桌上擱著的高級茶杯裡滿是琥珀色的液體。

「也有你們的分。這是早餐茶。」

文克弗洛德牧師夫人也爲漢斯與賽蓮娜上了紅茶。漢斯很喜歡每次來都能品嘗到的高雅飲品與甜點。

「今天我早上散步順道過來，碰巧遇到夫人。於是冒昧來訪。」

「隨時歡迎格林先生上門。」

文克弗洛德牧師夫人露出溫柔的笑容說道。

另一方面賽蓮娜對路德維希投以抗議的眼光。難怪。漢斯體會過彷彿被他跟蹤的感覺。

「散步？你還眞悠哉。」賽蓮娜話中帶刺。

「看來你們並不曉得晶瑩的夜露會在朝霧中投射出瑰麗的幻影。我總是在走訪著這世界的奇蹟。這當然也是用名爲畫框的魔法，將奇蹟永恆封存。」

「你在胡說什麼？」

「不提這個，你們來得正好。我等一下打算透過夫人引介，參觀離宮的圖書館。聽說那裡有許多珍貴的書籍，我之前就想看看了。你們要不要一起來？安徒生，你喜歡看書吧？」

路德維希對漢斯露出別有深意的笑容。

漢斯明白情況。路德維希十之八九與自己目的相同，才來拜訪文克弗洛德牧師夫人。

「文克弗洛德夫人，應該可以帶他們吧？」

「若是格林先生的請求，當然不成問題。」她爽快地答應了。

不過為何她對路德維希如此信賴？這種態度不像是對待單純的流浪畫家。她的態度彷彿是與自己同階級——甚至是更高等的——上流階級來往似的。

「話說回來格林先生與漢斯是什麼關係？我都不知道你們兩位彼此認識。」

「我們是朋友。」路德維希對漢斯使過眼色後解釋。「現在則像是夥伴。」

「這樣啊。漢斯真是的，既然如此就早點告訴我。這樣我就能設宴款待了。」

「不，不勞妳操心。我反倒要感謝妳答應我唐突的請求。」路德維希恭恭敬敬地行一個禮。「我們趕快前往離宮。來，安徒生、賽蓮娜，快把茶喝完。就像所有的書籍一樣，重點全都記載在肉眼不可見處。這個世界的真相亦是如此。若是想得知真相，人生實在苦短。」

「這傢伙從剛才就在講什麼鬼話？」賽蓮娜悄悄詢問漢斯。

「應該是催促我們？目前就乖乖配合路德維希先生的提議。」

「嗯，好。」賽蓮娜慌慌張張地喝起紅茶。「啊……好好喝。」

賽蓮娜雙眼發亮。

「這是用後庭摘下的茶葉晾乾製成的。」

「晾乾？這樣啊……我的國家作不了。」

「妳來自多雨的國家？」

「不，我——」

「好了，走吧，賽蓮娜、安徒生。」

路德維希呼叫兩人。漢斯跟著他一起來到外頭。賽蓮娜勉強自己喝光滾燙的紅茶後，追著他們出門。

「安徒生，我們個性特別投合。這下省去找你們的工夫。」

一踏出門，整理著帽子的路德維希就跟漢斯咬起耳朵。

「你早就知道牧師夫人跟離宮有交情了嗎？」

「不。了解一個城鎮的鐵則就是從牧師開始。交談時我得知她將書本捐贈給離宮。她在禮拜日總會前往離宮的教堂。我還順便跟她問出王子凶殺案的情報。待會告訴你。」

路德維希挺直背脊，順了順大衣衣領。漢斯覺得這個人搞不好比自己認爲得還要知性。

文克弗洛德牧師夫人走出家門。

「那我們去離宮吧。」

漢斯一行人跟在她的後頭前往離宮。

奧登斯的離宮是以九世紀左右維京時代建設的城寨爲原型。丹麥日耳曼人視近海的城寨爲開拓新天地的要塞，時常利用。據說在戰爭時，城寨也能發揮防衛據點的機能大為活躍。

等到維京時代結束，城寨在漫長的時間遭人遺忘遺棄。殆至十七世紀，此地才在著名的明君丹麥王克里斯蒂安四世令下改建為離宮。此後是供王族與執政官等人利用的王室宅邸。

以代替過世的克里斯蒂安王子入住的弟弟腓特烈三王子為中心，目前離宮的主要居民尚有守寡的路薏絲太子妃，與約翰尼斯地方執政官。

漢斯數年前造訪過一次離宮。義務教育的課程之一即是參觀離宮，漢斯參加了。當然內部禁止進入，只能在外頭繞一圈，壯麗高聳的塔遠遠望去令人絕倒，寬廣的土地引人讚嘆。學生們比賽起誰能數出城堡有幾扇窗戶，最後卻因窗戶太多而沒人數得出正確數量。

現在漢斯相隔數年，又來到了這棟建築物前。

櫸木大道的前方有座雄偉的石橋。架在外護城河的橋另一端聳立著巨大的門扉。門前隨時有一名以上的守門人站崗，絕不讓未獲許可的訪客入內。

門是上有裝飾的鐵格子門，門後可見宛如四四方方巨大岩石般的牢固城堡。在這片景象的中心，豎立著一座通天高塔。城堡大部分都是三層樓高，而塔高將近有它的兩倍。屋頂採用文藝復興風的裝飾，建築物整體的外觀精美，堪稱藝術品。

這是一棟外表就很高貴，也頗具存在感的建築物。對只能過著平民百姓生活的人來說，想必連靠近都會惶恐不已。

漢斯等人在文克弗洛德牧師夫人的領導下穿過石橋，終於抵達門前。

「辛苦了，沃爾夫先生。」

文克弗洛德牧師夫人向守門人搭話。一身衛兵打扮的年輕守門人以軍人的敬禮回應夫人。

「文克弗洛德牧師夫人，您今天有何貴幹？」

「我想帶這幾位看圖書室的書。能讓我們進去嗎？」

「這恐怕……」

守門人沃爾夫以露骨的懷疑眼神觀察著漢斯等人。

漢斯躲在路德維希的背後縮得小小。一看他打扮，任誰都能看出漢斯多窮困。漢斯無地自容，很想逃離現場。

「我可以爲這幾位的身分作擔保。」

「眞是非常抱歉，目前未獲主人准許的人一律禁止通行。就算是夫人的請求也……」

「沃爾夫先生，不可以對這幾位失禮。」

文克弗洛德牧師夫人走近沃爾夫，對他小聲說了些話。守門人歪著頭瞥一眼漢斯，接著走進側門，獨自朝城堡離去。

「格林先生，很抱歉在這種環節耽誤你的時間。半年前這裡還沒有守門人，但自從那次凶案，對出入人士的監視就變嚴格了。不過請放心。我想等他回來以後一定會開門。」

文克弗洛德牧師夫人平靜地說。

一陣子，沃爾夫回來了。他態度判若兩人，一臉驚慌失措。他一回來立刻從內側打開大門。就跟夫人說得一樣。

「小的失禮了。」沃爾夫敬禮。「格林大人，腓特烈王子與約翰尼斯執政官正在城內恭候大駕，盼能謀得一晤。」

「這是我的榮幸。」路德維希脫帽行禮。

到底發生什麼事了？

漢斯來回望著態度豹變的守門人與路德維希，歪起頭來。

「那傢伙背景很硬嗎？」

賽蓮娜扯扯漢斯的手腕低聲詢問。

「沒有，他說是旅行畫家……」

然而從穿著打扮與待人接物來看，若說路德維希是享有盛名的貴族，也無法否定。話說回來他能遊歷義大利與丹麥，卻又一副毫無經濟壓力的樣子，唯一合理的解釋就是他不缺錢。若非如此，他也無法為賽蓮娜代墊住宿費。

莫非他的身分比漢斯料想得還高貴？

不，這點想必不需懷疑。畢竟他可是第三王子與執政官也想見上一面的人物。

漢斯再次仰望路德維希。他難以捉摸的笑容究竟蘊含什麼，漢斯一點也不清楚。

「這下變得有點麻煩了。」

路德維希對漢斯悄聲說道。

「請問……路德維希先生你是……德國的貴族嗎？」

「貴族？哈哈，太誇張了。我說過，我只是個旅人，我是旅行畫家。」

他那副純眞的表情，看起來並未包藏謊言。

漢斯等人一起進入門內。

雪白的石子路每踏一步都會發出神聖的聲響。門內側與外側的空氣截然不同，這座離宮沒有特別高聳的圍牆，因此風與空氣理論上與外頭相通，但在漢斯的感覺裡卻完全不同。穿越廣大的庭院，不久，漢斯等人走過小小橋墩。一條寬十公尺左右的護城河緊鄰城堡，河水滿滿。

「姊姊成功潛入的一定就是這條護城河。」賽蓮娜說。

原來賽蓮娜的姊姊就是從海洋上溯河川，來到這條護城河。護城河繞了一圈圍著城堡，看來只要到這條河來，就能把城堡的模樣看得一清二楚。

只不過城堡隨處可見衛兵站哨，潛入沒有想像中簡單。要是沒有變成人類，親腳踏進城堡內部，想來會有許多無法調查的事。

漢斯等人終於來到城堡的門前。這裡沒有衛兵，可以任意進出。

文克弗洛德牧師夫人將手搭在門上，隨即轉頭。

「漢斯與……呃，妳是叫……」

「她是賽蓮娜小姐。」漢斯機靈地回應。

「對對對，在王子面前要乖乖的，不可以出醜喔。」

「別用這種騙小孩的方式哄我。」

漢斯退到一旁閃避賽蓮娜的肘擊，對夫人點頭。

文克弗洛德牧師夫人拉開大門。

整片地板鋪滿了鮮豔奪目的裝飾磁磚，滿滿的展示櫃蓋住牆面。陳列在櫃子裡的陶瓷器與玻璃工藝品，一個就能抵過漢斯整年的生活費。漢斯因自己的格格不入羞愧起來。

兩名男子走下鋪著紅地毯的階梯。從優雅的舉止與高貴的穿著來看，一眼就能認出他們是此處的主人。

「喔喔，您就是格林先生啊。」兩名男子中，尚可稱爲青年的男子愉快地向他們搭話。

「很榮幸能見到您。我是腓特烈，這位是約翰尼斯執政官。」

青年身旁的禿頭男子行了個注目禮，一臉猜忌。

路德維希不受影響，拿下帽子鄭重敬禮。

「腓特烈王子，非常感謝您准許這次的訪問。」

「這沒什麼，您別這麼畢恭畢敬的。在忙碌時還打擾您，我反倒不好意思。不過我還眞沒想到格林先生居然到這座城鎮。要是我能事先得知，就能招待您參加晚會了。」

「小的不敢當。」

腓特烈王子與路德維希握起手。兩人年齡相近，站在一起很賞心悅目。

漢斯覺得自己再次領教路德維希的魅力與神秘。

「我們就先去圖書室了。」文克弗洛德牧師夫人貼心地說。「來，漢斯、賽蓮娜，我們走吧。往這裡。」

看來在這種場面，避免打擾王子等人默默離開現場才對。漢斯與賽蓮娜順從文克弗洛德牧師夫人的引導，從玄關大廳來到走廊。

「我居然能在這麼近的距離見到第三王子！」漢斯很激動。

謁見皇室成員對市民來說很光榮。儘管第三王子在市民心中缺乏話題性，他無庸置疑是代表皇室的成員。平常親眼見到他的人少之又少。光當面見過王子就足以瞬間在學校成為名人。然而太過脫離現實，讓漢斯茫然，無法產生實感。與至今以來的日常生活相比，自己現在身處另一個世界。

「那個人就是第三王子腓特烈嗎。」賽蓮娜陰沉自語。「那名死去王子的弟弟啊。長相跟哥哥相比真不起眼。」

「賽蓮娜，不可以說這麼沒禮貌的話。」文克弗洛德牧師夫人以叮囑孩子的口氣說道。

「腓特烈王子熱愛文學與自由，在這個城鎮裡學識最淵博。」

「王子總是像這樣平易近人，願意接見任何人嗎？」漢斯問。

「不，沒這種事。雖然王子本人似乎想這麼做，但周遭會敦促他自制。王子真是可憐。今天是特別破例。突然來訪還是能見上一面，全是因為格林先生上門。」

「路德維希先生？他這麼了不起啊？」

「哎呀，漢斯你跟他來往都不知道嗎？」文克弗洛德牧師夫人露出發自內心的驚訝表情。

「那剛好，到了圖書室我再告訴你。」

文克弗洛德牧師夫人在走廊中間停下腳步，接著開門。

這個房間有股乾燥皮革的氣味。窗外灑落的光線中可見飛揚塵埃。一瞬之間這景象在漢斯眼裡就像是妖精的翅膀閃閃發亮。小小的妖精們或許是被漢斯等人嚇著才逃逸無蹤。這個堆積無數書本的房間，無疑是他們的棲身之地。

「哇，好壯觀啊。還有好多文克弗洛德女士家裡沒有的書！」

漢斯把目的拋到腦後，非常興奮。

「我負責管理這裡的藏書。」文克弗洛德牧師夫人的語氣很自豪。「舊書新出就要換上新版，還要晒書維護書況，我會定期到這裡管理書籍。這裡也有許多我家捐贈的書。」

書架放眼望去不只有丹麥文的書籍，還陳列著拉丁文、德文、法文與英文等各種語言。

文克弗洛德牧師夫人拿起一本德文書籍，向漢斯兩人展示。

「你們看這本書。看得懂嗎？書名是《兒童與家庭童話集》——底下接著寫『格林兄弟收集』。」

「格林兄弟？」

好熟悉的姓氏。錯不了。

「對，就是那位格林先生出的書。這本第一集是四年前在德國出版的。原本是我用來學習德文的教材，我捐給這裡，腓特烈王子看了也很喜歡，現在成了王子的愛書之一。」

因此腓特烈王子才對路德維希那麼客氣。

知識份子都相當敬重詩人與文學家。更不用說四海皆知的文學家能受到國賓級待遇。

沒想到路德維希這麼知名。他高貴舉止與充裕資金，全是拜社會地位所賜。

然而漢斯越來越無法理解路德維希。他既然地位如此崇高，一開始就該善加利用他的頭銜。說到底他根本不是畫家。

「對了，漢斯，我有個請求。《兒童與家庭童話集》第二集去年出版了，但我還無法取得。你跟格林先生不是朋友嗎？你可不可以拜託格林先生，請他捐贈第二集呢？」

「……好的，我問問看。」漢斯一臉困擾地答應了。

「謝謝你！拜託了。」文克弗洛德牧師夫人打從心底開心。

此時有人敲起圖書室的門，一名矮小的中年男子探出臉來。是約翰尼斯執政官。

他小心翼翼地掃視周圍。視線最後落在漢斯身上。漢斯害怕地躲在書櫃的死角。

「文克弗洛德夫人，借用一下時間。」

文克弗洛德牧師夫人順從約翰尼斯走到圖書室入口。兩人在門口臉靠著臉小聲交談。不久後文克弗洛德牧師夫人回到室內告訴漢斯兩人：「我有點事情要暫時離開。在這裡等我回來。再過一下子，格林先生也會過來。」

漢斯點頭。

於是文克弗洛德牧師夫人跟著約翰尼斯一起消失在走廊的深處。

漢斯與賽蓮娜兩個人被留在直逼天花板的書架林立的圖書室。窗外的太陽被薄雲包覆，微溫的陽光照射在書籍谷間。從太陽位置判斷，再次了解到他們又失去不少寶貴時間。

賽蓮娜在窗邊快速翻閱一時興起抽出的書。逐漸流逝的時間，對她來說就是生命。蹉跎的期間，她的存在正一點一點從世上消除。

「賽蓮娜小姐，」漢斯按捺不住。「妳知道發現克里斯蒂安王子屍體的房間在哪裡嗎？」

「怎麼了？」賽蓮娜將手邊的書放在窗臺上。「我記得，但只知道從外側看的位置。」

「要不要趁現在調查房間？」漢斯順勢提議。「難得能進入離宮，我們應該把能做的事情都做一做。調查房間說不定能發現什麼線索——」

漢斯邊說邊感到後悔。

擅自在離宮閒晃就跟小偷沒兩樣，觸法而不道德。這對他來說太過沉重。

「漢斯，你眞是難以捉摸。」賽蓮娜靠在窗邊，抱著手臂。「老實又品行端正，本性衝動又隨波逐流。我們要是任意行動被衛兵逮到，可能會失去更多寶貴的時間。」

「眞對不起，果然還是乖乖待著比較好……」

「不，就算你沒說，我也會主動提議。」賽蓮娜敞開窗戶。「好了，走吧。」

賽蓮娜從窗戶跳出室外。幸好圖書室位在一樓。

「賽蓮娜小姐！妳的腳還好嗎？」

賽蓮娜拖著腿，頭也不回地離去。

漢斯再次看向門的方向。

沒問題，現在四下無人。要走只能趁現在。

漢斯下定決心，跳出窗外。

3

出了窗外，眼前就是護城河。護城河朝左右延伸，沿岸種了一道樹籬。樹籬剛好適合兩人偷偷摸摸行動。

「我聽姊姊說過房間的位置。地標是吊橋。在吊橋正面二樓。沿著護城河走下去，應該就會看到。」

賽蓮娜弓著身子躲在樹籬後移動。漢斯有樣學樣，跟在她後頭。

附近沒見到衛兵。然而漢斯卻覺得心跳急促得發疼。這分緊張與翹課無法相提並論。畢竟要是被別人發現，最慘是萬事休矣。

賽蓮娜突然停下腳步，在原地蹲下。

樹籬至此中斷，從庭院看過來這裡一清二楚。

觀察庭院，有兩名衛兵與身穿工作服的男子。他們站著不知道在說些什麼。

「無法繼續前進了啊。」

漢斯與賽蓮娜縮起身子，彼此將臉湊近。

「漢斯，你看看前面。」賽蓮娜小聲示意行進方向。「可以看到吊橋。城堡的後門就緊接在吊橋旁。你看得到門吧？」

「看得到。」漢斯瞇起眼睛觀察她說的地方。「王子就是在那上面的房間遇害嗎？」

「應該是。」

後門的上方有座凸出的半圓形陽台，正好面對著吊橋。吊橋的支柱緊鄰陽台。

「傭人與衛兵這些城堡的內部人士都用後門出入。附近有馬廄，據說王子們也會用後門。」

「刺殺王子的人是不是也從後門出入？」

「誰知道。」賽蓮娜冷冷地說。「但本來凶手就可能是城內的人吧？」

「啊、也對……」

「總之我們也從後門進去。」

「咦？」

「不進去要怎麼進入命案現場？」

「是沒錯啦……」

男人們依然在庭院有說有笑。隔著護城河再加上幾公尺就是漢斯與他們的距離，但想要瞞過他們的視線實屬不易。

「我們還是掉頭回去吧？繼續前進絕對會被看見。」

「都到了這裡，不能回頭。」

賽蓮娜的眼神認眞。她把見好就收這個概念留在海裡沒帶上岸，滿腦子只想著前進。

「既然我們都知道大概的位置了，就回去一趟，從城內走過去？」

聽見漢斯的提議，賽蓮娜垂下眼深思。她拿不定主意地沉吟半晌，終究忍痛同意。

「繞遠路也沒辦法了……回去吧。」

賽蓮娜維持蹲姿，準備轉向。

此時漢斯見到視線內的兩名衛兵有了動作。他們似乎已結束閒聊，將要回到崗位。衛兵正朝著吊橋移動。

「賽蓮娜小姐，衛兵好像要走回城堡了。」

「待在這裡會被看到。你再後退一點，趴在地上。」

兩人一聲不響地後退，趴在樹籬的根部隱藏身形，毫不在意衣服弄髒。

漢斯兩人的位置與吊橋之間有好一段距離。除非注意力超群，否則不會有人發現視野中有兩個縮得小小的人。

衛兵們走過吊橋。

他們橫越漢斯前方進入城堡。

漢斯兩人趴在地上，靜靜等待風掃過樹籬造成的樹葉摩擦聲安靜下來。

終於等到四周鴉雀無聲。

「離開了。」賽蓮娜起身。「後門看起來沒上鎖，可以進去。」

「眞、眞的要去嗎？」

「動作快，沒時間遲疑了。」

賽蓮娜腳痛得臉蛋扭曲，仍邁開腳步。漢斯連忙跟在後頭。

兩人來到吊橋前方。那是一條年代久遠的木造吊橋，維持架在護城河上的狀態。城堡那端，也就是漢斯兩人所在的那端設置了鉸鏈，可以升起吊橋。

漢斯面向建築物仰望。

白色扶手的陽台就在眼前。幸好目前感覺不到人的氣息。扶手距離地面高約十公尺。不用說，伸手絕對搆不到。

賽蓮娜走進後門，豎起耳朵探聽動靜。她一臉把握地點點頭，接著握住門把。

「接下來只能跟著直覺走。以上二樓為目標。」

賽蓮娜說完轉向漢斯。

下一秒她的表情僵住了。

漢斯一回頭，就見到穿著工作服的男人跨過吊橋朝他們走過來，是剛才與衛兵聊天的人。他交雜著白髮的頭上戴著帽子，是一名蓄著白色鬍鬚的年邁紳士。一手握著小斧，另一手拿著修剪下來的植木樹枝。看來是園丁。

他看起來就不是衛兵，也難怪漢斯兩人忽視了他。

「小朋友，你們在這裡做什麼？」男人驚異地望著漢斯他們問道。他並不警戒。要不是漢斯兩人還是孩子，他大概不會這麼鬆懈。

「我們迷路了……」

漢斯情急之下，說出他在東窗事發時的藉口。

「啊啊，是這樣啊？你們跟爸爸媽媽走散了嗎。偶爾會有走失的孩子闖進院子裡，鬧得雞飛狗跳。發現迷路孩子總是我的任務。我對這個庭院的事無所不知。」

男人露出溫和的微笑。看來不是壞人。

「我們必須去這上頭。」

賽蓮娜指著頭頂的房間。她看起來一點也不害怕，還想讓男人爲他們帶路。

「這樣啊？那叔叔帶你們過去。」

男人說完推開後門，輕柔地推著漢斯兩人的背，讓他們進去城內。

兩人就這麼出乎意料地輕易從後門成功入侵。

「兩位可愛的小朋友叫什麼名字啊？」

「我是漢斯，她是賽蓮娜。」

「你們是姊弟？」

「不是……」

「這樣啊。長得的確不太像。是說旁邊的小姐是第一次來到這裡嗎？我總覺得之前也在這裡見過妳……」

「不，我第一次到這裡來。」賽蓮娜困惑答道。「你在這裡工作嗎？」

「沒錯。我家世世代代都是離宮的園丁。我懂事以來，這個離宮的庭院就是我負責的。」男人驕傲地說完，轉過頭來。「我叫做拉森，請多指教。」

拉森輕輕點頭，向他們自我介紹道。

進入後門穿越狹窄的單向走道後，一行人來到小規模的廳堂。鮮紅如血的地毯十分搶眼。右手邊有座樓梯，可以從這裡上樓。

「拉森，你記得克里斯蒂安王子遇害那天的事嗎？」

賽蓮娜毫無預警，單刀直入問。

這問題令拉森面有難色，但大概習慣與不聽話的孩子相處，他露出平靜的眼神點頭承認。

「是啊，我永遠忘不了。」

「可以告訴我那天的事嗎。」賽蓮娜懇求。「說你知道的部分就好。反正大部分情節一定都有人下了封口令。拜託你告訴我你知道跟你親眼見到的事實。」

見到賽蓮娜眞摯的眼神，拉森一臉爲難地搖搖頭。

「這件事是禁忌。」

「為什麼？一國的王子都死了。國民難道能接受自己全被蒙在鼓裡？還是有不能為外人道的理由？」

「執政官說不可以提起這件事……」

「約翰尼斯執政官嗎？」賽蓮娜緊咬下唇，垂下她的臉。

「我想到了，我就覺得在哪裡見過這張臉……」拉森恍然大悟地說。「小姐，妳跟半年前消失的女孩很神似。莫非妳……」

「長得像而已。不然你看，那女孩不能說話吧？」

「啊，也對。」拉森別開視線追溯回憶，「妳認識那女孩啊。看來有隱情。但沒事，我沒打算追究。這是我們家訓。我們正是遵守家訓，才能世世代代當這裡的園丁。」

「你知道是誰殺了王子嗎？」

「怎麼可能。」拉森吃驚地說。「沒有人知道，真的沒有人。幾個住在這裡的人說是半年前消失的美麗侍女刺殺克里斯蒂安王子，但那是搞不清楚狀況的人胡說八道。她在王子遇害前就不在了。她在王子遇刺的兩天前，就是王子從瑞典回來那天，從船上跳海死了。」

拉森自言自語般說。他的話符合賽蓮娜宣稱的事實。

「你怎麼知道那名侍女投海死了？你這個園丁沒有跟著上船吧？」賽蓮娜問。

「我聽人家說看到她上船的身影，卻沒見到她下船。這只能解釋成她在途中落海。只不過不知道是意外還是刻意的。至少克里斯蒂安王子是這麼想的。」

「王子以外的人怎麼看待侍女失蹤？」

「多數的人都覺得她是心碎投海，我也不例外。她不曾說出對王子的愛意，卻是明眼人都看得出來。比方她的舉止或表情，其中她的舞姿最能顯示出她的情意。當我聽說她在王子新婚之夜投海，絲毫不驚訝。她的來歷、身分與美貌全都是一團謎，唯有她選擇的下場是我們唯一明瞭的事。」

聽見拉森的話，賽蓮娜的表情沒有特別的變化。

「好啦，兩位可愛的小朋友，你們要去二樓吧？」

拉森帶領漢斯兩人上樓梯。

爬上樓梯踏上二樓的走廊，光滑的石磚倒映出漢斯等人的身影。石磚就如同一面鏡子，反射出上下顚倒的世界，其中有另一個漢斯朝自己盯著看。

「這裡直直走到底就是剛才見到的房間。那房間也是克里斯蒂安王子淒慘的屍體發現處。現在沒人會接近那裡。我眞不知道兩位可愛小朋友的父母在那邊做些什麼……」

「非常感謝您爲我們帶路。接下來我們可以自己走。」漢斯說。

「別客氣。我不會猜想兩位小朋友是什麼人，但建議你們別硬是揭開人家壓下去的事情。這是爲高貴人士效命的人最須謹記在心的教訓。你們懂是什麼意思嗎？」

「謝謝你的忠告。」賽蓮娜冷冷地說。

拉森露出笑容，甩著右手的小斧正準備轉身，卻馬上想起什麼回過頭。

「克里斯蒂安王子性格溫柔，對我們這些下人也一視同仁。王子過世半年，我們每天都很悲傷，內心更是受到眾多疑問與不平所折磨。怎麼有人會有殺害王子的理由？」

拉森像是自問似地說。王子凶殺案在他們心中未曾解決，縈繞心頭。

「我們什麼都不清楚。殺手從哪裡來，又怎麼接近王子，怎麼刺死他且消失到哪裡，我們一無所知。傭人們也覺得是那名美麗侍女殺了王子。大家很清楚她投海自殺，即使如此，依然認爲是她下的手。」

「這是怎麼一回事？」賽蓮娜逼近拉森。

「很多人認爲……她變成幽靈回到這裡殺了王子。因爲王子遇害的狀況不管怎麼看，只有幽靈有辦法下手。」

「只有幽靈有辦法……？」

「妳要小心。越是歷史悠久的地方，越容易吸引他們……」

拉森彷彿發現多說不妙地不再說話，獨自走下樓梯。

被留下的漢斯與賽蓮娜鐵青著臉對看。漢斯尤其對幽靈一詞反應異常大。這幾天以來詭異的不協調感，弄得漢斯都快要承認幽靈的存在了。

「賽蓮娜小姐，我們回去吧……他說有幽靈……」

「如果能見到我妹妹的幽靈，還眞想見上一面。」賽蓮娜還在逞強。「我才不信這些。說是幽靈下的手，算不上任何解釋。」

「但、但是的確有這個可能吧？因爲……有理由殺害克里斯蒂安王子的人，只有妳妹妹？」

「不可能。我妹妹變成泡沫消失了。」賽蓮娜拉高聲音反駁。

「眞的……完全消失了嗎？她會不會無法成功消失，變成幽靈？」漢斯不甘示弱地回擊。

「說什麼幽靈，哪有這種道理。人魚存在，所以幽靈就該存在嗎？——好吧，死人可能會以沒有實體的幽靈現身。然而我妹妹絕不可能陷入這種狀況。說起來她甚至不是死亡，而是連變成幽靈的機會都沒有，就成了一團泡沫。」

賽蓮娜拚命否定。

然而漢斯卻深深覺得幽靈殺害王子的說法很有可信度。

果然還是賽蓮娜的妹妹——人魚公主殺了王子。

「賽蓮娜小姐……如果妳妹妹眞的是凶手，妳能接受這答案嗎？」漢斯冷靜詢問。「妳就算知道妹妹是凶手，也會繼續尋找別的答案吧？」

聽了漢斯的問題，賽蓮娜的視線狼狽地游移起來。

「才不會。」

「眞的嗎？」

「這件事我仔細思考過，不是想也不想就反駁你。」

「妳是指妹妹不是幽靈？」

「對。」賽蓮娜再次振作，表情盛氣凌人。「就算我妹妹成了幽靈，也不可能殺害王子。既然當鬼都要來殺他，那她趁活著的時候在船上下手不就好了？機會要多少有多少。」

「但有時候變成幽靈不是當事人能控制？比方說如果她對王子懷有強烈的怨恨……」

「怨恨？我妹妹恨著王子嗎？」賽蓮娜低聲沉吟。「漢斯，你怎麼看？」

「嗯……」

單聽賽蓮娜的說詞，漢斯實在不覺得她怨恨王子。假如她因爲愛不到而心生怨恨，也該像賽蓮娜說得一樣，在船上就殺了王子。

「我一直在想，我妹妹在最後一刻作何感想。悲哀嗎？後悔或怨恨嗎？還是幸福？我覺得都不太符合。不受任何人祝福地愛上人類，最終招致自我毀滅的瞬間，她到底有什麼感覺？」

賽蓮娜再次提出問題，望著漢斯。漢斯只能歪頭疑惑。

「說不定我跑到這種地方來，就是想了解這點。」

漢斯兩人終於來到事發的房門前。

木製的厚重門板上有著細膩的雕刻，浮現莊嚴的花樣。

賽蓮娜毫不遲疑握住了門把。豈料門文風不動。

「上了鎖。」賽蓮娜失望地說。

門上有鑰匙孔，可以窺見門內景象。漢斯湊近門板，將臉貼近鑰匙孔。他戰戰兢兢地朝裡頭望去。這裡似乎是臥室。眼前蓬鬆平坦的巨大物體大概是床。漢斯平常睡的寒酸折疊式床板根本無法相提並論。鋪在整張床面上的床單潔白又乾淨。

窗的另一端有扇窗戶。窗外應該就是陽台，現在窗簾拉起來看不到外面。

乍看之下，房內沒有有留下任何會讓人想起王子凶殺案的物品。

「換我。」

賽蓮娜拍拍漢斯的肩膀。漢斯離開門前，換賽蓮娜窺看鑰匙孔。她偷窺房間時，漢斯張望走廊。傭人與衛兵不知道會在何時何處冒出來。

一扇門突如其來地開啓。

一名身穿高級洋裝的女人從門後幽幽走出。她的肌膚就跟黎明的月色一樣冰冷蒼白。宛如瀕臨死亡的表情配上迷濛的步伐，漢斯以爲幽靈現身了。

女人轉向漢斯。兩人對上視線。

漢斯差點就要叫了出來。他好不容易壓抑聲音，拍拍賽蓮娜的肩膀。賽蓮娜看得入迷，沒注意到女人現身。

「塞、賽蓮娜小姐！」

「什麼事？你等一下啦。」

賽蓮娜的語氣很困擾。她瞪向漢斯，就在她準備再次偷窺鑰匙孔時，她發現隔壁房間的門打開了。

賽蓮娜這才注意到女人。

「妳、妳是誰？」她罕見地發出語帶怯意的驚呼。

「我才想問……」女人聲音細若蚊蚋。「你們……是誰？在這裡做什麼？」

「呃，我們迷路了……」

漢斯故技重施。

「這樣啊……」

女人反應薄弱地點頭。她非常沒精神，就像是個空殼，沒有靈魂。

「漢斯。」賽蓮娜低聲呼叫，扯扯漢斯的衣服。「我想起來了。她就是路薏絲。」

她就是與克里斯蒂安王子結婚，兩天後失去丈夫的女人。鄰國瑞典貴族伯納多特家的女兒。看來他在與王子天人永隔後，仍繼續住在這個離宮中。

「很榮幸見到太子妃殿下。」賽蓮娜不帶感情地說。「聽說克里斯蒂安王子就是在這房間被不明人士刺殺。殿下是否無恙？」

賽蓮娜一如往常膽大包天地詢問。

「是……我沒事……謝謝爲我擔心……」

路薏絲雙手抱住纖弱的身體，微微顫抖。不知是想起當時的記憶，還是事隔半年心傷未癒。見到瘦削的她，漢斯很心痛。

「我想請教王子遇害時的事——」賽蓮娜逼近路薏絲。

此時漢斯等人背後有人大聲制止她。

「你們在做什麼！」

吵雜的腳步聲噠噠噠地逐漸接近。一回頭就見到兩名強壯的衛兵與約翰尼斯執政官。

「死小鬼，原來你們在這裡。不准接近路薏絲殿下！」

約翰尼斯氣喘吁吁走進賽蓮娜想抓住她。賽蓮娜即時閃避，與約翰尼斯等人拉開距離。接著賽蓮娜抓住漢斯的手腕說。

「準備逃，漢斯。」

「什麼？」

賽蓮娜與漢斯將男人們粗暴的呼喊拋在身後，狂奔在走廊上。

4

漢斯兩人從後門逃到城外，渡過吊橋，穿過鮮花拱門，鑽進庭園。拜這邊的灌木樹籬所賜，用不著擔心立刻被發現。他們的背後傳來男人們走過吊橋的聲音。

漢斯與賽蓮娜躲在樹籬底部，等待男人們離開。

「我們是不是該更早開溜……」漢斯很害怕。

「我早就做好事情會變成這樣的心理準備了。打從抵達海灘的那一刻起，我被人類追捕就很正常。重頭戲正要開始。」

賽蓮娜挽起袖子，解開胸前煩人的蝴蝶結。到了這個地步，仍不見她對使命的不滿，反倒躍躍欲試。

「漢斯，你會游泳嗎？」

「一、一小段還可以……」

「內外的護城河是相連的。外護城河又與河川相通。只要走水路，應該就能神不知鬼不覺逃到外面。」

「我不行！我沒辦法游這麼久。妳一個人逃走也好……」

「我不能獨自逃跑。」賽蓮娜嚴肅地說。「有你在，我才能來到這裡。怎麼能拋下你？」

漢斯覺得自己有生以來第一次受人認可。賽蓮娜說話粗魯又態度冷淡，卻十分爲自己著想。

「可、可是……」

該怎麼辦？不能正大光明從門口逃走。門口有守門人。要是守門人接獲線報，從正門逃脫的難度就更高了。

那要翻過包圍城堡的圍牆逃到城外嗎？

好在牆壁不高。鐵柵欄取代部分壁面，翻牆本身並不困難。牆的另一端是外護城河，若只是單純橫渡這條河，漢斯應該做得到。

但逃到外面以後……又該怎麼辦？

要當個終身逃亡的犯罪者嗎？

漢斯腦中只想像得到絕望的未來。

「雖然我不太樂意，拜託那傢伙看看吧。」賽蓮娜不甘心地說。

「啊，妳是說路德維希先生！」

也對。連腓特烈王子都認同的路德維希，或許有辦法化解這個危機。

漢斯兩人站起身，確認附近沒有任何人後奔向城堡。

他們再次穿過鮮花拱門渡過吊橋。此時賽蓮娜停下腳步。

「升起這座吊橋，應該可以攔住追到庭院的那些人吧？」

「好主意！」

漢斯抓住鉸鏈的握把。起初阻力很大，漢斯順著體重使力轉動，吊橋的鏈條就喀啦喀啦地轉動起來。鏈條與橋的另一端相繫，隨著鏈條捲動，橋開始緩緩從彼端拉起。漢斯在吊橋來到四十五度角左右時固定握把。

此時約翰尼斯與兩名衛兵正好從庭院返回。他們在升起的吊橋前驚慌失措。

「你們快把吊橋恢復原狀！聽到沒，死小鬼！」

漢斯兩人無視耳中約翰尼斯困窘的怒罵，跑進後門。漢斯順勢要穿越走廊時，賽蓮娜強行抓住他的手臂攔住他。

「我們從這裡走回去只會迷路。等外頭的衛兵走了，我們再從室外跑回圖書館的窗戶。」

漢斯停下腳步。他再度佩服起賽蓮娜的冷靜。

漢斯與賽蓮娜稍待片刻，走出城外。約翰尼斯與衛兵消失無蹤。漢斯兩人沿著內護城河，踏上來時路折返。不久，開啓的窗戶映入眼簾。漢斯率先跳進窗，接著扶賽蓮娜進來。

圖書室就跟漢斯兩人離開時一樣，寧靜得彷彿從沒發生過任何事。

裡頭沒有人煙，也沒見到文克弗洛德牧師夫人。漢斯悄悄開門張望走廊。

「路德維希先生現在在哪裡做什麼啊？」

「他應該不會自己逃走了。」

漢斯與賽蓮娜走出圖書室，一邊警戒著四周，一邊移動到玄關大廳。此時他們好巧不巧與打開玄關大門入內的約翰尼斯等人撞個正著。

「找到了！快抓住他們！」約翰尼斯命令衛兵。

雙方近在咫尺。他們沒有對抗上前衛兵的方法，也沒有逃脫空間。漢斯毫無作爲地被衛兵抓住肩膀。

賽蓮娜瞬間翻過身子想要抵抗，隨後發現無法逃脫，乖乖服從衛兵。

「難怪我一開始就覺得不對勁。」約翰尼斯靠近賽蓮娜，端詳起她的臉。「妳跟那女人長得眞像。越看越是神似。妳們到底有什麼關係？妳來到這裡有何居心？莫非妳就是她……？」

「我不是！」賽蓮娜別過臉回應。

「哦，會說話啊。那女人都不會說話。妳們不同人嗎。我看你們剛才想跟路薏絲殿下問出克里斯蒂安王子的事。難不成……跟王子刺殺案有關？」

約翰尼斯面露凶光挨近賽蓮娜，彷彿隨時拿劍抵著她。

他們也是被王子凶殺案束縛的受害者。

到底該怎麼辦——

被衛兵抓著的漢斯什麼忙也幫不上。自己被逮住就算了，但必須讓賽蓮娜逃走。她的身分絕不能被揭穿。萬一她是人魚的事曝光，事情非同小可。

探索離宮果然是自己負擔不來的重任。

「路德維希！」賽蓮娜大喊。「路德維希呢？路德維希在哪？快叫那傢伙過來！他清楚狀況。」

賽蓮娜似乎將希望都寄託在路德維希身上。

約翰尼斯一瞬之間張望四周尋找起路德維希的身影。然而到處都見不到他。約翰尼斯鬆了口氣，露出惡毒的笑容。

「看來改天得跟那小伙子問話。不知道他何方神聖，腓特烈王子知道他的來歷嗎……」

「你說我怎麼了，約翰尼斯？」

樓梯上方傳來聲音。

聽見這道聲音，上至約翰尼斯下至衛兵們都明顯變得緊張。

漢斯仰望樓梯，腓特烈第三王子就站在上方。

「殿下，這些傢伙——」

「格林先生的同行者怎麼了？約翰尼斯，你何苦對孩子氣得臉紅脖子粗的？你說他們又做了什麼？快放開他們。」

他以充滿威嚴的語氣下令。傳聞中腓特烈第三王子是位對戰爭與政治都不感興趣的溫和青年，此時漢斯卻覺得他就像是歷史上的英雄。

衛兵立刻遵從命令。

漢斯與賽蓮娜獲得自由。賽蓮娜轉過頭，刻意瞪了衛兵。

「我要這些孩子毫髮無傷地回去。不准再對他們動粗。」

腓特烈王子從容地走下階梯，橫越衛兵面前，朝賽蓮娜伸出手。賽蓮娜露出五味雜陳的表情執起他的手，順從腓特烈踏出玄關大門。漢斯跟在後頭。

「我的任務就是帶你們平平安安踏上歸途。我答應過格林先生。來，走吧。」

賽蓮娜在腓特烈王子的護衛下出了城堡。

「我隱約察覺你們有內情。然而只能做這麼多。很遺憾，我仍是皇室的人。眞羨慕你們。」腓特烈王子的眼神宛如作夢的少年。

「請幫我問候格林先生。」腓特烈王子畢恭畢敬地行了個禮。

「那傢伙——路德維希在哪裡？」賽蓮娜困惑地問。

「他很早就離開城堡了。」

賽蓮娜與漢斯皺起眉頭，彼此將想說的話呑回肚裡，不滿地噘起嘴。

「感謝王子殿下相救。」漢斯開口，向王子道別。

無法釋懷的漢斯與賽蓮娜穿越庭院，朝大門前進。

「路德維希……那傢伙丟下我們自己跑回去了啊。」賽蓮娜忍無可忍地說。「也罷。幸好腓特烈王子意外是個像樣的人。心臟都沒了，照樣被嚇得心驚膽跳。」

「咦，什麼意思？」

「聽不懂就算了。」賽蓮娜不高興地回應。「不管外表再怎麼善良，他也可能是殺害克里斯蒂安王子的傢伙。放心，我不是被煞到。」

「啊？好……」

總之兩人在腓特烈王子的面子下，終於能從離宮全身而退。

儘管兩人沒進行任何充分調查這點留下了遺憾，以初試啼聲來說已屬可圈可點。

漢斯與賽蓮娜踩著細碎的步伐，走過因春神降臨而五彩斑斕的庭院。若非置身於當下的處境，兩人或許還提得起勁欣賞花花草草。然而在生命期限刻刻逼近的現在，實在沒有閒情逸致賞玩風吹隨凋的花朵。

門映入眼簾。鐵柵欄後方可見到守門人沃爾夫的身影。

「不論寡婦，已經可以確定路德維希不可靠了。我感謝他爲我們打開離宮的大門，但不會再跟那傢伙扯上關係了。」

「但要是沒有路德維希先生，我們可能無法像這樣平安離開……」

「你要幫他說話？他可是丟下我們迅速開溜？」

「他可能有什麼理由。再說……是我們自己溜出圖書室任意行動……」

「哪會有什麼理由比解開凶殺案重要？」

守門人沃爾夫注意到接近大門的漢斯兩人，爲他們開門。

「眞是的，我還是第一次專程爲小孩子開門。」沃爾夫語帶埋怨。

「守門人大哥，請問……那個穿得一身黑的高個子先生有沒有經過這裡？」

「你說格林先生？他在那邊啊。」

守門人指向正上方。

這道門有著橫向的長型屋簷，屋簷上有個熟悉的黑色人影。

他在屋簷上放了一張摺疊式的小椅子，遠遠眺望城堡。手上拿著小巧的筆記本，用鉛筆塗塗畫畫。他畫得非常專注，完全沒注意到漢斯等人。

「那傢伙居然悠悠哉哉在塗鴉？」賽蓮娜心如死灰，面無表情。

「他是怎麼爬到那麼高的地方的啊？」

「比起這個，我還有更多非逼問他不可的事。」賽蓮娜搖頭。「但這太浪費時間了。漢斯，我們走。」

「啊，可是剛剛不是說路德維希先生手上有關於凶案的情報？」

「那漢斯，你能讓他快點下來嗎？」

「我叫叫看。」

漢斯叫路德維希，但沒有反應。他投入作畫的身影十分迷人，然而將正事拋諸腦後的沉迷模樣，只能說是生性散漫。

「路德維希先生！我們回來了！」

「哦哦，安徒生。」

路德維希終於回神，對門下的漢斯等人輕輕揮手。賽蓮娜一臉不爽，坐在石橋的扶手上。漢斯招招手，要路德維希下來。

「等等，我馬上下去。」

路德維希將椅子摺得小小的，像魔法般收進大衣內側，從門上朝草叢縱身一跳。他從將近四公尺高的門向下跳，仍一副若無其事。

「嗨。」

「路德維希先生，我們拚命逃跑的期間，你都在做什麼啊？」

見到他毫不在乎，漢斯心生責怪。

「這次畫得眞成功。沃爾夫小弟，打擾你了——你要不要偶爾爬上門見見不同的風景呢？好好，不說了，你們兩個跟我回旅館一趟吧。」

漢斯與賽蓮娜被路德維希推著背，回到旅館所在的鎮上。

5

漢斯與賽蓮娜在路德維希的房間吃了遲來的早餐。食物由老闆娘提供，有麵包與豆子湯等菜色，與漢斯平常吃的東西沒什麼兩樣。路德維希似乎對飲食不講究，只付了最少的餐費。但對粒米未進就衝出家門的漢斯而言，這是不可多得的食物。賽蓮娜也不例外，兩人飛快將盤子食物一個個掃光。人類的食物似乎合賽蓮娜的口味。

「把你們大冒險得到的情報與我的情報擺在一起，應該就能看出克里斯蒂安王子凶殺案的全貌。」

路德維希將筆記本攤在桌子上給大家看。上頭畫著在吊橋上奔跑的少年與少女身影。左看右看都是漢斯與賽蓮娜。

「……你在哪裡見到我們的？」

「在門上用這玩意看的。」路德維希從大衣口袋拿出望遠鏡展示。「這樣就能看清楚發現王子屍體的房間了。我很擅長找出關鍵地點，堪稱擁有尋覓祕密風景的視野。」

「你在門上一派悠閒觀察我們被衛兵追趕的樣子啊。」賽蓮娜酸溜溜。

翻閱筆記本，上頭果真畫著追逐戰的素描。漢斯兩人的行動完完全全在他的觀察之中。

「我不覺得你們的勇氣徒勞無功。反倒獲得重要線索，雖然作法有點旁門左道，但好在我們潛入離宮。」

「我壓根沒想到路德維希先生受到那麼隆重的對待。」漢斯純粹感到驚訝。「原來你這麼了不起，還出了童話集……」

「啊，那是個誤會，我沒編過童話集。」

「怎麼會！文克弗洛德太太與腓特烈王子都很尊敬路德維希先生……難道你說謊？」

要是連腓特烈王子都騙得過，可就是國際級的大騙子。

「不，我可不記得說謊。我哥哥出過童話集是事實。而我的確是格林兄弟的一員。」

「這樣啊，你在格林兄弟裡是『凡人格林』嗎。」

「我是畫家啊。我跟他們主張過很多次，但文克弗洛德夫人與腓特烈王子自己搞錯了。實際編纂童話集的人，是大哥雅各布與二哥威廉。」

「原來如此……」

漢斯有點失望，但他本來就不覺得路德維希那麼大牌，對他的評價一如以往。反倒是他越來越不了解路德維希。

「不過我們成功進入離宮了不是嗎？不存在翅膀也是可以振翅高飛。這是不存在的世界的規則。」

「我們成功混進離宮，路德維希先生真的有情報嗎？你根本沒怎麼調查，都在畫圖……」

「在打聽情報上，我有充足收穫。下一個工作是利用情報拼湊出一張案件的繪畫。」

「說明一下你口中的情報。」賽蓮娜在第三片法國麵包上塗奶油。

「我從頭說明。我成功問出情報的人有文克弗洛德牧師夫人、腓特烈第三王子，然後是門口守門人沃爾夫，剩下就是幾個侍從與傭人。他們全都是會進出離宮的內部人士，他們的說法無疑比市民傳聞具可信度。」

「然後？」

「我首先從克里斯蒂安王子遇害當天的流程說起。」

路德維希翻找起筆記本。筆記本裡只有圖畫，他把這些圖當成一種紀錄。

「命案大約在半年前發生。克里斯蒂安王子與路薏絲正式結婚，兩人返回離宮的兩天後，王子在離宮的某個房間裡，背上被刺了一刀致死。下午六點前後發現屍體，是巡房傭人在有陽台的房間發現的。」

就是漢斯兩人鑰匙孔偷窺的房間。王子就在那裡斷了氣。

「王子倒臥在窗邊。發現時窗戶關起來還上了鎖，發現屍體的傭人表示現場像王子準備從陽台進屋內時被歹徒刺殺。實際上屍體的頭部在室內，腳朝向窗外。另外室內並未發現凶器，從屍體的傷口研判應該是使用銳利的刀具。」

路德維希打開筆記本向兩人展示。上頭畫著彷彿他曾身歷其境的現場圖。見到他的圖，漢斯再次為他的能力折服。他基於情報畫出的圖像極為生動。

「那間房間是衛兵中肩負特別重大責任的人使用的寢室。但據說案發前一段時間，就再也沒有衛兵使用過這間房。你們會不會發現衛兵意外地少？事實上離宮的衛兵數量比過去少了許多，未來還會繼續減少。這是戰爭的影響。這個國家自從參與戰爭後，在各方面是一個勁地損失，不僅失去年輕軍人，也付不出軍人的薪資，稅金也養不了那麼多衛兵了。」

烽火滿布歐洲全境的戰爭中，丹麥總是以法國同盟國的身分出戰，但隨著拿破崙皇帝垮台，唇亡齒寒而失去許多土地與財產。知名的北方大國丹麥一落千丈，成了窮兮兮的國家。在維也納會議的戰後清算中，丹麥因基爾條約被迫放棄聯合王國一部分的挪威。廣大的挪威土地最終落入戰勝國鄰國瑞典手中，導致瑞典—挪威王國誕生。

衛兵少得不像個離宮，宮內也人煙稀少，都是戰爭的損失。

「那間房間王子平常用來閱讀與休息。案發當時床鋪上也有人躺過的痕跡，應該是王子當時在那間房透透氣。」

「案發當天王子的行動呢？」賽蓮娜問。

「當天據說天氣穩定，沒下雨或下雪。王子早上第二次鐘響時——也就是上午十點，沒帶侍從就獨自出了離宮。園丁拉森見到王子離去。」

「沒帶侍從？」

「王子似乎是去找消失的人魚公主——就是妳妹妹。前天他也整天在海岸附近獨自尋人。他大概覺得她會像初次見面時那樣倒在沙灘上吧。王子不好意思讓侍從陪著他。或許也出於羞恥心吧。」

「我不懂。」賽蓮娜疲憊地搖頭。「失去才苦苦追尋也太遲了。」

「人類就是永遠活在後悔中的生物啊。不管這個……王子當天一早就去找她。那是離宮居民最後一次見到活著的王子。」

「這樣啊……繼續。」

「當天差不多同一時刻，後門大廳開始更換地毯的作業。兩名商家的工人入內，在上午十點左右動工。這件事情在之後會成爲關鍵。」

「換地毯？」漢斯問。

路德維希點了一下頭，繼續說道。

「接著來到下午第二次鐘響過後一段時間——四點半左右，傭人去那間房間換床單。就是後來發現王子屍體的房間。此時房間沒有異狀，當然也沒有王子的屍體。傭人換好床單，鎖上門離開房間。」

「窗戶的鎖呢？」

「傭人的記憶很模糊，仍宣稱當時窗戶有上鎖。」

「後來呢？」

「下午五點後門大廳更換地毯作業結束，工人撤離。到這個時刻爲止，工人們沒親眼見到王子。他們一直待在後門大廳，要是有人出入後門，理論上全都逃不過他們的眼睛。」

「王子還沒回來嗎？」

「這就是問題所在。過了五點，天色暗了不少，卻沒有人見到王子回來，因此侍從們也擔心起來。同一時間，拉森發現王子的馬繫在馬栓上。看來王子回來了。於是侍從們在城堡裡尋找。等到當天最後一次鐘響時——下午六點，他們在那間房間發現倒在地上的王子。此後約翰尼斯、腓特烈與路薏絲迅速到齊，克里斯蒂安王子確認身亡。」

「房間的鎖打開了嗎？」

「鎖是開的，門開了一道縫。鑰匙放在床旁邊的桌子上。」

「誰有鑰匙？」

「管理鑰匙的是城主克里斯蒂安王子本人。但所有住在離宮的人都知道鑰匙收在哪裡。傭人自然也知道，打掃時就是藉此開門的。」

「鑰匙收得還眞隨便。」

「是啊。當他們還保有財富與榮耀之時，或許不會准許這種隨便的管理態度，但現在情況跟以前不同了，在這種細節上也造成了影響。」

「王子到底是何時進了房？」

「問得好。」路德維希再次看向筆記本。「就像我剛才說的，關鍵是後門大廳。換地毯的工人幾乎整個白天從上午十點到下午五點都待在後門，處於可以觀察人員進出的位置。他們上午十點見到王子出門，此後卻沒見到王子回來，下午五點就撤出了。」

「也就是說……王子是在下午五點以後回來的。」漢斯恍然大悟地說。

「就是這樣，一般人都會這麼想。」

「是嗎？」賽蓮娜歪著頭插入話題。「他也可能五點前就從正門進入，而非後門吧？」

「這是當然。」路德維希點頭同意。「進入城堡的方法不僅限於後門，正門入口或隨便一扇窗戶也可以進去。但是正門入口的正上方有衛兵哨所，隨時監視著人員進出。至少在那一天，王子從來沒有從正門口通行。」

「那他是從窗戶進去的嗎？」

「我不覺得王子有這麼做的理由。從馬停在後門附近的馬廄這點來看，可以當作王子就是從後門進出的。順便一提當時沒有守門人，因此沒有人知道王子回到離宮的正確時間。」

「王子果然是五點以後回來的啊。」賽蓮娜嚼著麵包。「他是五點到六點這段期間被某人殺害。」

「順便一提，當天除了換地毯的工人，沒有外人出入離宮。」

「凶手是內部人士？」

「這無法斷言。外人並非無法躲過衛兵的法眼潛入城堡。」

「那兩個換地毯工人有無嫌疑？」

「案發過了幾天據說憲兵抓了兩名工人來問案，沒發現他們涉案的證據。」

「更換的地毯是他們帶進來的嗎？」賽蓮娜若有所思地詢問。

「好像是。」

「那不就能把匕首藏在地毯裡帶進來了嗎？」

「啊，只要把匕首用地毯捲起來，就不會穿幫了！」漢斯也同意。

豈料路德維希搖頭否定。

「在開工前與收工後，衛兵理所當然對他們搜過身。沒有任何可疑的舉止。」

「這沒什麼可信度。」賽蓮娜立刻回擊。

「那我就按照邏輯來解釋吧。首先換床單的傭人確認在下午四點半左右，那間尋獲屍體的房間沒有異狀。接著換地毯工人結束工作走出離宮，是在下午五點左右。若眞是他們下的手，他們的時間只有四點半到五點之間的半小時。」

「如果只是當場刺殺從後門回宮的王子再把他搬到房間，半小時就夠了吧？」

「不是這樣的，實際上他們在那三十分鐘確確實實待在後門大廳。會這麼說是因爲有兩名衛兵爲了檢查剛換好的地毯有無問題，從四點半起就待在那裡。衛兵們在路薏絲的命令下，滴水不漏地檢查新的地毯。」

「原來如此……的確是該檢查地毯有沒有鋪好。」漢斯附和。

「說起來到底爲什麼需要換新地毯？」賽蓮娜拿起下一塊麵包。

「單純因爲之前的地毯髒了。好像是克里斯蒂安王子委託的。雖然下單是在三個月前，地毯費卻在案發那陣子才有著落。」

這樣也能明白華麗的離宮生活逐步困頓。這讓原本就很貧窮的漢斯莫名親近。

「王子以外還有人進出過後門嗎？這應該跟那些工人確認過了吧？」

「園丁拉森曾二度往返後門。此外路薏絲也出入過一次。她很介意王子離去，就到馬廄那裡查看。當時是四點，她聲稱那個時候馬還沒回到去。此外衛兵也會利用後門出入，但他們總是兩人一組行動，沒有形跡可疑的人。」

「怎麼完全沒有說得上是凶手的人啊。」漢斯一臉爲難。

「從狀況來看，應該是其中一名在離宮生活的人吧。」賽蓮娜說。

「但這樣一來就沒有凶手了。」

「什麼意思？怎麼一回事？」

「問題是出在房間換床單的下午四點半到屍體發現的下午六點。再考慮到王子可能回宮的時間，案發時間可以縮至五點到六點。這段期間待在離宮裡的人全都有另一個人的陪伴，沒有時間行凶。比方說這個時間腓特烈王子與擅長德文的侍從待在圖書室學習德文。約翰尼斯執政官在工作，與書記待在辦公室。路薏絲太子妃在確認地毯換好以後，與侍從一起編織。衛兵們也確定都在各自的崗位上，誰待在何處都是清清楚楚。侍從與傭人也一樣。」

「全部都是嗎？」

「沒錯。」路德維希闔上筆記本。「沒有人知道王子何時回宮，也不知道是誰在什麼時候殺害王子，又逃到哪裡。追根究柢眞的有人能行刺王子嗎？離宮內的人全部都有自己當時行動的證人。」

「這樣的話，果然是有歹徒從離宮外入侵……」漢斯說。

「這實際上也很難。就像我剛才說的，後門直到五點都還有人進出。」

「那會不會歹徒在五點到六點之間入侵？一個小時內，說不定有辦法瞞過所有人的目光殺死王子再逃脫。」

「這是不可能的。」

「咦？」

「因爲過了五點，後門就從內側上鎖了。鎖是從內側鎖上的門閂。據說衛兵固定在日落時鎖門。當天衛兵目送地毯工人離開後就直接鎖起來了。」

「但王子不是還沒回來？」

「衛兵似乎不認爲當時王子還沒回來。畢竟沒什麼事情需要他忙到天黑以後才能回來。不過就算王子被鎖在門外，他只要從正門進城就好。歹徒卻沒辦法這麼做。正門入口一開始就不適合潛入。

「那他就是從某扇窗戶進去……」

「案發後衛兵與傭人檢查過所有窗戶，但從一樓到三樓沒有一扇窗戶破損，也全都鎖起來了。也就是說沒見到利用窗戶出入的痕跡。」

狀況逐漸明朗，凶手的面貌卻越來越模糊。

漢斯想起了園丁的話。

——「王子遇害的狀況不管怎麼看，只有幽靈有辦法下手。」

幽靈……就是指賽蓮娜的妹妹。

會不會是人魚公主沒了命，爲了成就沒有回報的愛，化爲幽靈前來殺害王子？看不見的幽靈想必能瞞過眾人眼睛，刺殺王子再消失無蹤。

可是人魚公主已經化爲泡沫消失了。

理論上是這樣。

還是說……人魚公主其實還活著？

漢斯無法捨棄這個想法。他有根據。

刺殺王子的凶器是魔女的匕首。那實在不像人類弄得到的凶器。

period Ⅱ

一七九三年——地中海

「哦，妳還在啊。」魔女轉頭驚呼。

此時她的臉醜陋地扭曲，露出了可怕的表情。

「妳想做什麼？」

魔女心生畏懼，以顫抖的聲音質問。但人魚公主依然沒停下走向魔女的腳步。她的臉孔越來越醜陋。

魔女一步步朝屋子的深處退縮，想要逃離人魚公主。

此時魔女的手臂撞到櫃子，堆放的物品掉落在地。其中有一把銳利歪扭的匕首，魔女與人魚公主都沒有漏看。

此時，兩人已預見幾秒後的未來。

魔女見到匕首刺入自己的腹部，以及暗沉血液淌流。

人魚公主見到濡溼自己雙手的汙濁液體，以及手上握著的那把匕首。

「妳竟然……」

魔女發出呻吟，依靠在牆上。魔女的腹部湧出汩汩黑色液體。匕首究竟何時刺入魔女的腹部呢？深深插進肉中的七首，恍若是古代魚類的化石。

人魚公主茫然地望著眼前發生的事。她已分不清這是現實，還是未來的預視。她覺得自己心中某種東西壞掉了。

「因爲……因爲……因爲我想變成人類啊……」

人魚公主像是找藉口似地喃喃自語。

要是沒拿到變成人類的藥，就不能前往他的身邊。

「都是妳害的……大事不妙了……世界會崩潰……妳無法回頭了。覺悟吧，面對妳自己選擇的未來！」

魔女口吐咒罵，腹部傷口湧出水蝗似的大量黑色液體，化爲觸手爬了出來，襲向人魚公主。人魚公主情急之下蹲低身子，觸手卻不偏不倚直攻她的左臉，以尖端觸碰糾纏。

「好燙、好燙！」人魚公主大叫。

黑色觸手宛如燃燒的烈焰般灼熱，燙焦人魚公主的臉。皮膚發出滋滋燃燒聲，一如沸騰，人魚公主身邊冒出大量氣泡。她壓住臉痛苦掙扎。然而觸手執意糾纏，不只如此，最終包覆她的全身。人魚公主大聲哭喊。即使如此依然不肯放過，繼續灼燒著她。

宛如地獄的折磨持續三天三夜。

好不容易觸手蒸發，人魚公主恢復意識。

她戰戰兢兢撫過自己的臉。摸到焦黑潰爛的皮膚。豐沛的金髮轉成稀稀落落的白髮，柔嫩的指尖變得乾癟細瘦。俯視本應青春美麗的肉體，卻見到陌生走樣的身軀。她甚至花了半天，才發現那是自己。發現失去左眼，則是在那之後的事。

人魚公主不明白自己出了什麼事。

然而人魚公主並不悲哀。她因爲這樣就能喝到變成人類的藥而欣喜。想到這分痛楚也是成爲人類路上的試煉，她毫不在乎。

人魚公主從魔女的櫃子找出藥瓶。

終於到了這一刻。

人魚公主一口氣灌下藥水。

這下終於能前往那個人身邊了。人魚公主閉上雙眼，在魔女昏暗的房內等待那一刻。

但不管過了多久，她睜開眼時總是依然身處魔女之家。看向自己的下半身，只有分不清是人魚尾還是人類雙腿的焦爛噁心物體，完全沒有生長成別的東西。

人魚公主終於發現一切都毀了。

她不僅沒得到美麗的人類雙腿，反而變得醜惡至極。

人魚公主爲自己的命運悲嘆。不知所措地在海中徘徊。入夜就坐在沒有人見得到的小島上，仰望光明的月亮，一個勁流淚。變成這種模樣，她再也無法回到家人身邊。不要說是在那個人面前現身。

不如別活了。

人魚公主傷害自己，試圖尋死。但受到魔女的詛咒，傷口立刻痊癒，只留下更醜的傷痕。

她的心中剩下絕望。人魚公主無心行動，在海底收集散落的魚骨人骨，把骨骸疊來，計算度過的日子。在海底散播瘴氣的海蛇與水螅也成了她的安慰。

在這些離開家人獨自居住的日子裡，人魚公主逐漸冷靜。

那個人如今在做些什麼？

人魚公主久違地前往人類世界。

她在那裡看到前所未見的巨大船隻。撐起廣大如雲朵的船帆，承載著好幾台發亮黑色大砲的軍艦在港都來來去去。人類世界與之前相比，出現很大的變化。

人魚公主隱身波濤，尋覓心上人。她感覺他就在這座城市。

隨後陸地傳來爆破聲。人魚公主領悟到這就是傳說中人類的戰爭。

不久，人魚公主見到待在船上的身影。

終於見到他了。好久沒見到他了。

人魚公主很感動，無法抑制自己失去的左眼湧出淚水。

絕不能讓他見到這副難看的模樣。他要是見到了，一定會討厭她。而她的喉嚨慘遭灼傷，連向他呼喊都有困難。她只能在遠處望著他。一如從前那樣，今後也會一樣。

或許自己再也無法與他相見。

想到這件事，她就焦急不已。

有沒有什麼我能爲他做的事？

人魚公主思考起來。

有了。我在水裡來回自如。人類要是不搭船就無法在海上或河上移動，自己卻能在神不知鬼不覺下游得比他們快上許多。

或許是因爲沐浴過魔女之血，現在她可以模模糊糊地見到一點未來。

願爲他奉獻這分力量——

第三章

一八一六年——丹麥・奧登斯

1

包含今天在內，距離賽蓮娜的心臟停止跳動還剩五天。今天過了半天，再把日落列入考量，剩餘時間不多。

用完遲來的早餐，漢斯一行人討論案件的期間，太陽正緩緩西下。

誰殺了克里斯蒂安王子？

在何時以何種方式行凶？

目前仍一無所知。

「有沒有可能是離宮那夥人共謀殺害王子，全部的人串通好偽證？」

賽蓮娜在窗邊，按摩自己的腿。

「這想法很大膽，但不可能。我找不到他們殺害克里斯蒂安王子的理由。」路德維希聳肩說道。「他是人見人愛的王子，在侍從與傭人之間的評價也很好。」

「有人覬覦離宮城主的寶座？」

「這地位不值得殺人。離宮不過就是皇室的別墅。成了城主也無法獲得權力。克里斯蒂安王子生前的確擁有城主的頭銜，但那只是按照輩分的安排。王子本身對城主的位子不執著，也對治國沒興趣。所以他才會選擇遠離首都在離宮生活。城主這位子在他心中，可能是個燙手山芋。」

「年紀輕輕就避世而居啊？」

「反正這個國家還可以丟給國王與第一王子。不過國民似乎不怎麼看好第一王子。」

「我聽說他身體不好。」漢斯補充。

「現任丹麥國王因病失去不少子嗣。據說第一王子曾數度病危。第二王子與第三王子遠離首都生活，聽說也是有檯面下的理由，避免若有傳染病蔓延會害繼承人一個也不留。」

「假如第一王子身亡，王位繼承權就會落到第二王子身上吧？會不會是不樂見此事的人類下手爲強暗殺克里斯蒂安王子？」賽蓮娜攤開單手舉例。

「這刺客還眞是急性子。」路德維希苦笑。「不過殺害動機可能與政治有關。畢竟他是王子啊。」

「此外還有什麼理由？」

「應該還是有人能透過殺害王子得利吧？」賽蓮娜的指尖把玩著胸口解開的緞帶。「那個討人厭的執政官呢？」

「不，他可是離宮中最得不到好處的人。」

「他一臉獐頭鼠目。」

「應該是一臉滑稽吧？約翰尼斯執政官在克里斯蒂安王子活著的時候，絕大多數的實際業務都由他掌管。據說這點在王子死後也沒變。不管王子是死是活，他的地位都不會改變。畢竟城主頭銜也會由腓特烈王子繼承。」

「這麼說來，腓特烈王子很可疑囉？」賽蓮娜恍然大悟地說。

漢斯回想起腓特烈王子。他年輕、有智慧又溫柔。漢斯被衛兵抓住的時候，也是他出手相救。會袒護外表寒酸的下層階級孩子的人，不可能是壞人。

「腓特烈王子沒有理由殺害兄長。讓哥哥背負城主頭銜，他才能自由自在鑽研學問。聽說他現在正在學習德文與拉丁文。他不是追求權力的有心人，算內向的學者。」

「那……還有誰？路薏絲太子妃是兇手嗎？」

「她原本是個外人。要是失去丈夫這個牽連就會失去在離宮的立足之處，是個脆弱的存在。從她的出身背景來看，她殺害丈夫毫無益處。甚至會損失慘重。」

「背景？」

「她是瑞典有力人士的女兒。上次戰爭以來丹麥與瑞典關係緊張，在這期間內克里斯蒂安王子的婚事竟能奇蹟式地談成。或許算是命中註定吧。單聽賽蓮娜說法的話。」

在沙灘救起溺水王子的人就是路薏絲。然而賽蓮娜說實際救他一命的是人魚公主。這刻萌生的小小差錯，大大撼動命運，將世界扭曲得不成原形。

「對兩國來說，這場婚姻是邁向和平的第一步。對戰敗國丹麥而言，則是擺脫國際孤立的好機會。對另一邊的瑞典而言，也是北歐統一願景的踏腳石。」

「北歐統一願景？」漢斯很疑惑。

「就是包含瑞典、挪威、丹麥在內的北歐各國結爲共同體的願景。說得明白點，就像是北歐各個國家放棄衝突好好相處的約定。現在剛有小規模的運動萌生，這波思潮未來將會波及維也納體制後的全歐洲。」

「我聽不太懂……不過這是很大的問題對吧。」

「沒錯，這關乎歐洲的未來，關乎我們世界的未來。克里斯蒂安王子與路薏絲的婚姻原本將成爲開端。儘管有這種背景，這場婚姻也未必算是政治聯姻。這原本是幸福快樂的婚姻。我實在想不到在這種情況下，路薏絲會有拋棄一切殺害王子的理由。」

「那就是有人不能容許兩人結婚吧？」賽蓮娜說。

「這裡眞的存在因爲這樁婚事吃虧的人嗎？至少在這座離宮中，不存在抗拒與瑞典求和的國族主義者。眞要論誰想破壞兩人的婚姻……」

「那就是我妹妹？」賽蓮娜很不耐煩。

「沒錯，但我們還是以她消失爲前提討論吧。這樣推論，最終還是會導向沒有人符合眞凶條件的結論。」

「怎麼可能有這種蠢事。王子實際上就是被人刺殺身亡了。園丁呢？或衛兵或傭人？」

「一個個懷疑沒完沒了。妳都沒剩多少時間了，還是縮小範圍討論吧。」路德維希一派悠哉地說。

相較之下賽蓮娜沉不住氣地在房間裡來回踱步。

沒時間了。

路德維希說得沒錯。

「該怎麼辦才好？」漢斯沮喪地垂著肩。「離宮調查到頭來什麼也沒弄清楚。果然光靠我們想揪出眞凶太難了……」

「沒這回事，安徒生。許多重要線索確確實實擺在我們眼前，只需要進一步調查一下細節。我們距離眞相僅有一步之遙。」

「什麼？路德維希先生，你有什麼眉目了嗎？」

「我心中有畫面了，正適合用來解說案件眞相的繪畫。但那似乎僅是從連續時間中擷取的瞬間碎片。要在這畫面描繪眞凶的身影，還欠缺許多情報。」

「所以到頭來你什麼都沒弄清楚？」賽蓮娜語帶譴責。

「我弄清楚下一步怎麼做了。」路德維希得意洋洋。「我們得去海邊一趟。」

「海邊？」漢斯與賽蓮娜異口同聲回問。

「欠缺的情報——就是關於賽蓮娜妳們族類的情報。」

「我們族類？」

「妳不是在裝傻吧？我認爲凶手也可能是妳們那邊的人。」

「你——」

「總之排除妳妹妹吧。但其他姊妹呢？她們的嫌疑能排除嗎？不對，既然殺害王子的凶器是魔女匕首，凶手只可能是妳們吧。魔女匕首是妳們弄來的，然後被妳妹妹丟進海裡。能夠再次撿回匕首的人，就只有知道匕首丟棄地點的人。」

「你想說我們殺了王子？」賽蓮娜上前質問。

「妳們有殺害王子的動機，就是報仇。因爲妹妹等於被王子害死的。妳們代替妹妹執行她狠不下心完成的事。當然我不認爲是妳們所有姊妹合謀。可能是姊妹中有一、兩個人付出行動，其他人並不知道行凶計畫。比方說賽蓮娜妳就是不知情的一員，妳要是知道，絕不可能會抵押心臟離開海洋。」

「你是認眞的嗎，路德維希。」賽蓮娜嘆氣。「這種事還需要我反駁？我們可是人魚，沒辦法像人類一樣走近王子身邊。這樣你說我們怎麼行刺身在離宮的王子？」

「既然妳們是人魚——在我的想法裡，人魚應該能輕易潛入離宮。離宮有內外護城河，這些河道引入水源而與河川相通。既然與河川相通，妳們人魚自然可以入侵。妳不就說過妳姊姊曾入侵護城河？」

「是這樣沒錯……」賽蓮娜表情黯淡起來。

「要是能潛入內護城河，根本就不需要人類的腿，就能從那裡刺殺王子。」

「這是什麼意思？」

「發現王子屍體的房間，有座面向內護城河的陽台，而王子的屍體據說呈現要從陽台回到室內時死亡的狀態。從這幾點來看，可以視爲王子在陽台遇刺吧？」

在陽台被不明人士刺殺的王子，搖搖晃晃地逃進室內。

而他在鎖上窗戶的同時就斷了氣。

這樣一來的確會與發現時呈現相同狀況。

「你是說我們姊妹其中一人躲在離宮的陽台上？我們連人類的腿都沒有，怎麼可能躲在那種地方？」

「妳們用不著躲在上面，只要待在護城河瞄準陽台投擲匕首就好。就像雜耍的拋刀子一樣，經過訓練就能射出匕首命中目標。」

路德維希對著牆壁，作勢投擲透明短刀。

賽蓮娜不發一語，視線追隨著透明短刀的軌跡，緊盯著牆上的一點。

「比方說像這樣。凶手藏在內護城河中，發出一些聲音吸引王子來到陽台。凶手在王子出來時按兵不動，等待王子從陽台回到室內。王子一轉身，凶手就朝著他的背拋出匕首！從內護城河與陽台的相對位置來看，應該要用曲線式的拋法才能命中。需要模擬狀況反覆訓練。」

用這個方法，的確可以刺殺位於陽台的王子。這方法也更像是無法直接接近王子的人才會想出的手法。

漢斯惴惴不安地窺視賽蓮娜的側臉。她一臉凝重，但不太震驚。她應該不是真凶，但她的姊妹可能是真凶。

「路德維希，這在理論上或許行得通。但我可以輕易否定。」

「妳說說看。」路德維希正襟危坐，專心聆聽賽蓮娜的說法。

「我們姊妹如果眞的要殺害王子，不需要採用這麼迂迴的手段。你說要練習拋刀子？爲什麼我們得刻意做這種準備？我們不受人類的社會規矩或法律束縛，因此只要順從衝動行凶逃逸即可。比方如果我要行凶，根本不會用到魔女的匕首，而是會把王子叫來內護城河拖進水中溺死他。反正對方是人類，我不需要同情他。」

賽蓮娜淡淡道來。漢斯初次見到賽蓮娜雙眼中的深淵。像窺視著深不見底的海洋。這迫使漢斯再次意識到她與自己分屬不同種族。

「也對，妳的主張才是正確的。」路德維希爽快地撤除自己的說法。

「等等，路德維希先生，你做什麼？試探賽蓮娜小姐嗎？」漢斯脫口。

「怎麼會，我只是把腦袋閃過的假設說出來罷了。實際上當我試著描繪方才說明的風景，也發現有些不合理的地方。比方說這樣無法收回匕首。室內沒發現凶器對吧？若是拋刀行刺，就必須收回匕首，但只要待在內護城河就很難把匕首找回來……」

「……如果在匕首的握把綁上收回用的線呢？」

「我也考慮過這點並試著描繪。然而要是綁了線，沾上血跡的匕首一定會留下拖拉的痕跡，比方說陽台的扶手。既然至少現場沒出現這種痕跡，最好還是撤銷拋刀行刺的假設。」

路德維希露出天眞的笑容，在筆記本打上一道斜線。

賽蓮娜跪坐在地上，以不具責備之意的冷漠眼神望著路德維希。

「我能理解你爲何懷疑我們。應該說——」賽蓮娜若有所思垂著眼。「經你這麼說我才第一次注意到，我至今都沒懷疑過自己人。」

「這很正常，她們對妳來說都是不可取代的姊妹們。」

「這樣子不行。我都不知道自己是爲了什麼才來到陸地上。」賽蓮娜用力晃動腦袋，像是要甩開迷惘。「想要得知眞相，就必須懷疑一切。」

「這也太……」

「但就像我剛剛說得一樣，不太可能是我的姊妹殺害王子。我相信大家的清白。」

「對啊，賽蓮娜小姐的姊妹一定不是凶手。」

「謝謝你，漢斯。但願如此。」賽蓮娜點頭。「我們姊妹之中，目前成功潛入離宮內護城河的就只有三姊。她說那段水路很危險。考慮到這點，難以採納路德維希的假設。我們不可能甘犯這種風險殺害王子。」

「好，那我們再來思考另一個問題。」路德維希以老師的口氣推進話題。「我覺得最不可解的問題其實是這個。」

「什麼問題？」

「凶器——魔女匕首。」

路德維希打開筆記本新的一頁。

上頭還沒有任何畫作。看來路德維希再神通廣大，也畫不出沒親眼見過的魔女匕首。

「我們一直為這凶器傷透腦筋。」賽蓮娜說。「目前還沒有任何根據能完美證明殺害王子的凶器就是魔女的匕首。」

「咦，是喔？」

「我們僅是從幾種狀況判斷出凶器應該就是魔女匕首。」

「說說看。」

「首先就是據說人類找遍離宮上下都沒見到殺害王子的凶器。這是我們在海邊與河邊聽尋找凶器的衛兵說的。再來就是緊鄰發現屍體房間的護城河尋獲了魔女匕首。之前也說過，這是三姊找到的。最後是魔女匕首沾了人類的血液。姥姥斷定這是高貴的血液。」

「那位姥姥的鑑定值得信賴嗎？」路德維希問。

「這還用說。姥姥活了我們幾十倍的歲月，閱歷比大家豐富。當然遠比人類博學。」

「這高貴的血液可以視為克里斯蒂安王子的血吧？」

「不知道。但除此之外還有可能性嗎？」

「這個嘛。」路德維希停下了鉛筆。「總之假設殺害王子的凶器是魔女匕首。問題在於爲什麼要使用這個凶器？」

「在妹妹變成泡沫後，妳們怎麼處理她丟掉的匕首？」漢斯問道。

「我們沒管它。沒有人在意那把匕首。都失去妹妹了，根本無暇顧及。我們甚至在那之後有好長一段時間完全遺忘魔女的匕首。」

「這樣看來匕首果然一度沉入海中啊。到底是誰把它撿回去的？妳有頭緒嗎？」

「沒有。」

「有沒有可能是姊妹其中一人偷偷撿走的？」

「我不知道。就算有人撿走，我也不覺得對方懷有特殊目的……」賽蓮娜垂著頭回答。

「雖然不確定魔女匕首是否實際用來行凶，它被丟在王子命案現場附近也是事實。這件事萬不得忽視。」路德維希抱著手臂說。

「會不會是水流把匕首自然沖到那裡？」

「這不可能。河流會由高處往低處流，最後流入海中。被丟在海裡的匕首，才不可能逆流進護城河裡。」

「啊，也對。」漢斯滿臉通紅。

「順便一提也不是三姊一開始就藏起匕首，裝出自己在內護城河撿到的樣子。我們姊妹全都見到她兩手空空前往內護城河。」

「誰會把魔女的匕首扔在那種地方呢？」路德維希自問起來。「果然還是殺害王子的眞凶最合理。」

「我也這麼認為。」

「這麼一來就會牽扯出下一個問題。凶手如何獲得魔女的匕首？那把匕首已沉入海底，它的位置只有賽蓮娜妳們知道。」

「我說過我們——」

「我知道，目前先以妳們姊妹不是凶手為前提繼續討論吧。」路德維希制止賽蓮娜。「沉入海底沒有任何人能弄到手的凶器，凶手到底要如何利用它行凶？」

「關於這點，我們的結論是凶手偶然間獲得了魔女的匕首。」

「偶然嗎……？」漢斯歪頭疑惑。

「譬如說漁夫的漁網勾到匕首，把匕首拖上岸。漁夫把匕首拿去典當。最後匕首幾經流轉落入了王子刺客的手中。」

「世上眞有這種巧合嗎?」路德維希緊接著反駁。「我當然無法否定巧合的可能性。但王子凶殺案距離魔女匕首被丟棄只過了兩天,不足以在人類之間轉手。」

「那我就不知道了。」

賽蓮娜丟出不負責任的結論。

「不該存在的匕首其實存在。想要合理地解釋這現象的話——」

路德維希吊人胃口地停頓。

漢斯與賽蓮娜身子向前探。

「的話?」

「魔女匕首就應該有兩把。」

「兩把……?」賽蓮娜大感意外。

「說起來爲什麼妳們一開始就認爲匕首只有一把?大概是因爲在妳們看來,那是獨一無二的儀式道具。然而若是想成是有數個相同的東西,在離宮尋獲本應佚失的匕首也就合理了。」

「……搞不好你說對了。」賽蓮娜大方承認。

「賽蓮娜,現在就同意還嫌早。我們必須確認匕首是否眞有兩把以上。所以我一開始也說了吧?我們接下來要去海邊。而我們該調查的對象是魔女。如果眞的有兩把以上的匕首,就去確認是否有其他出借對象。說不定可以比預期還早查出眞凶喔。」

路德維希以開朗的語氣作結，將自己的筆記本收進大衣裡。

縱使身處於越想越憂鬱的狀況，自己卻能勉強維持平常心。漢斯覺得這說不定是因爲路德維希的人格特質爲他帶來安全感。

他這個人身上充滿了謎團。但還是多依靠他看看。

因爲凶殺案尚未解決。

2

太陽即將下山，漢斯很焦慮。然而現在去海邊太晚了。等他們抵達海邊，想必黑漆漆的什麼也不能做。

路德維希勸告漢斯回家。

「你今天也沒去上課。如果沒在別人面前表現出服從社會規矩的模樣，就會受到更嚴格的束縛。裝裝樣子也好。」

漢斯無可奈何，只好趁著天色還明朗時回家。

「我今天自己回去。」

「這樣啊。」路德維希溫和一笑。「別露出這麼擔心的表情，安徒生。沒事的，我們確實逐步前進。」

向賽蓮娜道別後，漢斯離開房間。賽蓮娜在分手前向漢斯輕輕揮手。漢斯才轉身背過她，立刻就想再次見到她。可以的話不想回家，想在這裡與她徹夜暢談這起案件。自己的容身之處想必在她的世界……

然而漢斯還是在路德維希的催促下移動至旅館的入口。路德維希送漢斯到門外。

「安徒生，你還會再來找我們嗎？」

「這是當然。」漢斯轉過頭來回覆。「可是……我一點忙都幫不上……」

「才沒有這回事。有你在，賽蓮娜才會打開心房。除了你以外她又還會接納誰呢？」

路德維希這麼說，漢斯很高興。

剛認識賽蓮娜時，漢斯滿肚子困惑，但現在想幫她一把拯救她的性命。儘管他沒有力量也沒有腦袋，應該還是有能爲她盡一分力之處。

「我也給路德維希先生添了很多麻煩，眞不好意思。」

「沒關係，我自己愛跟著你們跑。」

「結果你還真的只是想在我們身邊晃來晃去啊……」

漢斯皺眉。

「哈哈，明天也讓我見到有你的風景吧。再見。」

路德維希笑著揮手。漢斯離開旅館，急忙踏上歸途。

回到家裡，母親正在堆疊洗好摺好的床單。床單白淨亮眼，不知怎地看起來像假的。母親從前些日子開始承接洗衣店外包工作打零工。失去父親的現在，這成了全家唯一的收入來源。

「學校還好嗎？」母親問道，看也沒看漢斯。

「還、還可以……發生很多事。」

「是嗎。」母親回到自己的事上。

從父親開始臥病在床的期間起，漢斯開始排斥待在家裡。家不再是能讓他安心的場所。死亡氣息在室內瀰漫，母親為驅趕而不斷祈禱。家裡到處都沒有漢斯的立足處。

父親過世後，家裡變得比以前更寬敞，寬敞到空虛。母親不再祈禱。她藉由祈禱構成的自我彷彿在同一時間大受創傷。

失去太多東西了。

漢斯深知生命從世界消逝的慘重。

正因如此，他不能讓賽蓮娜失去性命。

若是失去她，世界將再次扭曲。

漢斯受夠這樣的事了。若是眞的重蹈覆轍，這次世上將再也找不到容身之處……

然而太陽已經下山，這一天也即將告終。漢斯無可奈何地躺在床上。他非常疲憊。

他才剛反應過來，便深深陷入夢境。

「漢斯，該去上學了。」

被母親搖醒，漢斯從床上驚醒。

糟糕，今天本來也想早點起床去找賽蓮娜兩人。

漢斯匆匆忙忙衝出家門。今天星期五，包含今天在內還有四天。

今天應該會去海邊吧。路德維希認爲魔女掌握了案件的關鍵。魔女的魔法是一切的開端。

要是變成人類的藥品不存在，打從一開始就不會發生這場凶案。

許多關於魔女的情報有待釐清。

魔女到底是何方神聖——

漢斯邊想邊趕往賽蓮娜他們的所在處。

誰知道過去的路上，他被意想不到的人叫住。

「漢斯同學！」

她是漢斯就讀的貧民學校老師。好死不死碰上了最不想遇到的人。既然被老師叫住，漢斯不得不停下腳步。然而他也心知肚明這麼一來會發生什麼事。

「你那天以後都沒來上學，我很擔心你。」

一臉嚴肅的女性教師開口。她與其他老師不同，是以不會鞭打學生聞名的溫柔老師。正因如此，背叛她更令漢斯內疚。

「漢斯同學，我懂你的心情。你父親過世，你很難過吧？但天父永遠守望著你。只要你堂堂正正，這分哀傷有朝一日也能換來回報。絕不可背棄上帝。」

老師說出彷彿事先想好的說詞，朝漢斯伸手。漢斯沒有辦法，只能牽起老師的手。

「我今天是來迎接你的。來，我們上學吧。」

漢斯在老師的陪伴下朝學校邁進。

他與路德維希他們的所在地越來越遠。可以的話，不惜甩開老師的手奔向兩人。他沒這麼做並不是因爲天父在看著，而是不忍心讓老師難過。於是漢斯上學。同學們的視線很冰冷，但比起他們，更害怕置身日常讓他覺得自己的精神變得遲鈍。在學校這樣待上一整天，說不定就再也見不到賽蓮娜了。他揮不開滿腦子妄想。

在教室度過的時光遲遲不肯進展。原本少得可憐的時間，在教室裡彷彿用都用不完。老師當天對慣常翹課的漢斯盯得特別緊，他完全找不到機會偷溜。下午算術課結束，整天的課程就結束了。學生在默禱後踏上回家的路。漢斯默念不習慣的祈禱詞後衝出學校。

他失去許多寶貴時間。

賽蓮娜在作什麼？

路德維希呢？

漢斯氣喘吁吁地全速衝向他們下榻的旅館。一跑進房子裡，熟悉的老闆娘就出現了。

「請問……路德維希先生呢？」

「他一早就出門了。」

「那賽蓮娜小姐呢？」

「賽蓮娜？有這位客人嗎……」

「那個一頭金色長髮的女生啊，妳還記得吧？」

「女生……？有嗎……」

老闆娘歪起頭回想。到底是她健忘，還是賽蓮娜一開始打從就不存在……

怎麼可能。一定是因爲房間是用路德維希的名義租下的，老闆娘忘記了。

漢斯來到賽蓮娜的房間敲門。然而不管怎麼呼喚，她都沒現身。

「賽蓮娜小姐！是我，漢斯！」

沒有任何回應。

漢斯驚慌失措地衝出旅館。

她絕對是調查魔女而去了海邊。肯定是。左等右等都等不到，就丟下自己先離開。

漢斯沿著河朝海邊奔跑。

抵達海岸的時候，太陽已經下沉不少。放眼望去平坦的奧登斯灣沒有人影，只見一艘帆船慢呑呑地回到港口。

漢斯來到從前與賽蓮娜相遇的沙灘，明知此地無人，還是在岸邊漫無目的徘徊。他撿起漂亮的貝殼丟進海中，不久後從那一端冒出的第一顆星星開始閃耀。夜晚正逐步逼近，他無法停止時間，就像波浪洗滌著沙灘，時光正在抹消這個當下。這使他恐懼，離開了海邊。

一天就快要結束了。

不知何時月亮也冒了出來，跟在返回鎮上的漢斯背後。

回到家之前，漢斯順道又去了一趟旅館。賽蓮娜與路德維希依然不在。不論路德維希，賽蓮娜彷彿眞的從世上消失了。

隔絕她與自己身處的兩個世界的境界，想必搖搖擺擺很不穩定。兩個世界若即若離。漢斯無法在動盪的搖曳中安身，於是被甩了下來。因此他落得一個人孤零零。

漢斯踉踉蹌蹌回到家。母親對於漢斯的晚歸沒多說什麼。

漢斯在吃完簡單的晚餐後立刻鑽入被窩。他遲遲無法入睡。母親似乎也結束工作吹熄燈上了床。確定聽見母親的瞌睡聲後，漢斯溜出被窩。

爲了防止門板發出聲響，漢斯緩緩推開門，來到室外。

夜風略帶涼意，正適合奔跑。清朗的月光照亮了夜色下的屋簷、煙囪與石板路。

漢斯拔腿狂奔。他的目標是海邊。

沒有任何人找他過來，他也沒有目的。但非這麼做不可。

再也沒有比獨自一人在夜晚的街道奔跑更可怕。漢斯的雙眼清清楚楚地映入了潛伏於建築死角的四腳黑影，以及僅有頭部探出林中大樹暗處的巨大蠢動暗幕。漢斯視而不見，以倒映在河面上的另一顆明月爲指標趕往海邊。

沉眠中的花香逐漸摻入海潮的氣息。漢斯飛奔至沙灘。

夜晚的海洋如同搖籃的韻律，將浪潮撲向沙灘。海洋沉穩寧靜，波濤並未撕裂水平線另一端的月亮。

沙灘上的貝殼折射月光熠熠生輝，漢斯沒錯過那道格外動人的金色光澤。是賽蓮娜。

她伸直雙腿坐在沙灘上，毫不在意時而襲來的海潮打溼裙子，面向著海洋。

漢斯望向她視線的彼端，有名女子漂浮在浪間，茂密紅髮飄散在海面上。

「賽蓮娜小姐！」

漢斯很高興見到她，不禁大聲呼叫。

同一時間，漂浮在海上的女子逃也似地消失在海中。

「漢斯？」

「賽蓮娜小姐，妳在這裡做什麼？」

「我才想問你呢……」

儘管遠遠相隔，兩人在寧靜的海畔仍能清楚聽見彼此的聲音。漢斯奔向賽蓮娜。

賽蓮娜的肌膚就跟月光一樣冰冷潮溼，死亡氣息更加濃郁。

「我……我很抱歉今天沒去找妳。」漢斯緊張地說。「我非去學校不可……然後我下午去旅館找你們，但妳跟路德維希先生都不在……」

「你不需要道歉。」賽蓮娜隨口一說，望向海洋。「反正今天都要結束了。」

「對不起……」

「就說不是你的錯了。漢斯，你也坐下來吧。」

「好、好的……但坐在這裡會被海水打溼……」

「稍微打溼一點點還好吧？」

漢斯照著她的話，坐在只有腳板會被海浪掃到處。浪潮洗滌了他的腳。海水還很冷。

「妳今天沒跟路德維希先生同行？」

「那傢伙早上就消失了。我等了他一陣子，但他沒回到旅館，我就獨自離開城內。」

路德維希跑哪去了？

只希望他沒被牽扯進什麼不好的事裡。漢斯擔心起他。

「離開城內還沒問題，但我一個人完全無能為力。說起來城裡的人對王子凶殺案一無所知。我試著向幾個人打聽，但他們果然還是喜歡從離宮消失的美麗侍女是刺客的說法。後來我去了一趟離宮，但人家當然不肯放我進去。」

「果然啊……」

「順便一提我也找過文克弗洛德牧師夫人，但她只把我當成可憐的孩子打發我。」

「她有沒有爲我們溜出圖書室的事生氣？」

「沒有。她還說你很可憐。」

「可憐？」

「你父親過世了吧？」

「對……」

「夫人知道這件事非常擔心。她很後悔沒說點話安慰你。在離宮闖的禍也就在同情之下互相抵銷了。」

「這樣啊……那就好。」

「該怎麼說——漢斯。」賽蓮娜在沙上寫著無意義的記號，又立刻消掉。「我很抱歉在你面臨重大問題的時候，把你牽扯進毫不相干的個人問題裡。」

「不會……我……我反而覺得跟著妳讓我獲得了救贖。幫助賽蓮娜小姐讓我覺得自己還有容身之處。」

再說漢斯自己並不覺得賽蓮娜的問題與自己毫不相干。漢斯覺得一切全都串連在一起，案件的結局將會對他們產生等量的影響。

「雖然之前我也說過……幸好我第一個遇到的人是你。我今天一整天獨自在人類的城裡行走，再次深感如此。人類之中充滿了懷著骯髒慾望的低賤之人。」

儘管不清楚她在鎮上到底都見到了什麼，漢斯仍然懂她的心情。眞要說起來，漢斯同意她的話。兩人決定性的差別，就是漢斯是人類。

「對、對了，剛才我看海上好像有人……莫非……」

「你果然也見到了。」

「是妳姊姊嗎？」

「沒錯，大一歲的姊姊。我今晚預定要在這裡跟她碰面交換情報。」

「妳姊姊回去了嗎？」

「大概吧。我姊姊從那天起也對人類提高了警戒心。即使是像漢斯這樣的孩子，她似乎也不願在你面前現身。」

漢斯沮喪地望著大海，果然到處都找不到賽蓮娜的姊姊。他本來想見識眞正的人魚。

「妳跟姊姊說到話了嗎？」

「當然囉。」賽蓮娜撥開肩頭的髮絲，讓秀髮隨風飛揚。「確定了一件重大的事實。」

「重大的事實？」

「是關於魔女的事。昨天我們對話的結論不是必須針對魔女調查嗎？剛才我請姊姊調查魔女……」

「請繼續。」

「姊姊說她在過來的路上一個人去了魔女之家。她說這是爲了在我出事時能立刻去救我，想跟魔女拿變成人類的藥。眞有勇敢姐姐的風格。魔女之家在海底深處，那是一間由沉船殘骸、死魚枯骨與人骨堆成的恐怖之屋。」

「妳姊姊先見到魔女才來的？」

「不——魔女不見了。」

「不見了？」

「不僅是魔女之家附近，她在周圍的海域尋找，卻到處都找不到。原本魔女就是爲了隱藏她醜陋的容貌，才會蝸居在黑暗的深海。這樣的魔女怎麼會長期離家……」

「她會不會回來啊？」

「我不知道。」

「賽蓮娜小姐的心臟被那名魔女奪走了吧？還得請她將心臟恢復原狀啊……」

「是啊。順便一提魔女之家到處都找不到我的心臟。」

「怎麼會！」

「我不知道魔女爲什麼要帶著我的心臟消失。但這樣下去就要不回心臟了。」

賽蓮娜邊嘆氣邊說。她的口氣像放棄心臟，又像打從一開始就料到。

「賽蓮娜小姐，魔女是什麼樣的人？妳說她住在海底，她不是人魚嗎？」

「我也不是很清楚。姥姥說她是背負著駭人罪業的生物，但我不懂這是什麼。」

「我突然想到……如果魔女跟人魚一樣可以在海中自由游動，而且還跟人類一樣可以離開海洋行動……」

不就能從護城河的水路潛入離宮，再上岸走去殺害王子嗎？

「這……我從來沒想過。」

賽蓮娜露出始料未及的表情轉向漢斯。

有辦法前去殺害王子的人。

有辦法使用魔女匕首行凶的人。

可以滿足雙邊條件的人——不就是魔女本人嗎？

「但魔女爲什麼要殺害克里斯蒂安王子？」

「這我也不知道……但仔細想想，不覺得她給妳設下的條件很奇怪嗎？因爲『找不出殺害克里斯蒂安王子的眞凶就會化爲泡沫』這種條件，只有知道眞凶的人才能判斷眞假吧。可是魔女知道眞凶是誰。就是她自己！」

漢斯的語氣很亢奮。

然而他的聲音在這月夜沙灘上僅是空虛茫然地迴盪，聽起來就像毫無意義的聲響。

「這很難說。魔女的魔法超越我們理解。判斷條件是否達成的，說不定是神明或惡魔。實際上當我妹妹化爲泡沫時，魔女也並非在現場見證——」

賽蓮娜說到這裡，突然驚愕地說不出話。

「怎、怎麼了？」

「我……我突然想到說不定魔女還眞的在一旁看著……」

「看妳妹妹與克里斯蒂安王子嗎？」

「我不清楚魔女的魔法有幾成是自動執行的，但魔女有可能總是在監視著她。但……魔女依然是我們對付不來的角色。我猜魔女的魔法可能是必須經過某種交易才能執行，但魔女要是認眞起來，說不定也能輕易把我們滅口……」

漢斯覺得魔女彷彿如今也在昏暗海洋的某處監視著他們，不禁發抖。

「對了，姊姊還給了我另一個重要情報。魔女的匕首是魔女用自己的肋骨——左邊第十三根的肋骨研磨製成，自然只能製作一把。這是姥姥告訴我們的，但在我們國家的古老典籍裡也有提到。」

「也就是說世上只有一把魔女的匕首是吧？」

要是匕首有兩把，或許就能成爲找出凶手身分的線索——路德維希是這麼想的，但現在冒出了這個理論無法成立的可能性。

「要是魔女在我妹妹臨終前在附近觀望，她知道匕首丟棄的位置也不奇怪。如果她撿起匕首跑去刺殺王子……」

「啊！所以魔女才會先給賽蓮娜小姐設下『找不出殺害克里斯蒂安王子的眞凶就會化爲泡沫』這種條件，再銷聲匿跡。只要逃過七天，賽蓮娜小姐的心臟就會停止跳動，一命嗚呼。就算妳帶著正確解答出現在她面前，只要當場殺了妳，眞相就會被塵封——」

漢斯冷不防爲自己得出的結論感到一陣寒意。或許不該讓賽蓮娜得知這麼殘忍的事實。

賽蓮娜不發一語望著遠方的海。

這是否就是答案？

若這就是解答，就能迴避『找不出克里斯蒂安王子凶殺案的眞凶就會變成泡沫』這個條件，但也必須在心臟停止跳動前找出魔女。

要是答案錯了，賽蓮娜就會變成泡沫。

無論如何都是九死一生的狀態。

在拯救她的路上，實在有太多障礙阻擋在前。

「姊姊會幫我找魔女。只能靠她們了。」

「我們只要集中心思在找出王子凶殺案的眞凶上就行。」

然而除了魔女以外，到底還有誰有嫌疑？

漢斯深信魔女正是那個可恨的人。

「我也同意魔女眞凶說。所有狀況看來都指向魔女。」賽蓮娜起身，輕柔地拍掉裙子上的沙子。「不過我們還有時間。能做的事就——」

賽蓮娜緩緩轉頭放眼遙望海岸線，看到一半卻宛如凍結般停滯。

她的視線緊緊盯著沙灘上的一點。

「賽蓮娜小姐，妳怎麼了……？」

漢斯追隨著賽蓮娜的視線。

有個像咖啡色破布的物體被海浪沖刷到潮線之間。

賽蓮娜突然拔腿狂奔，奔向破布。漢斯連忙跟在後頭。

賽蓮娜火速來到破布旁，掀起破布。裡頭有某種漆黑細長的塊狀物。

「這是什麼？」

漢斯來到她身邊，低頭看向包裹在破布裡的東西。這似乎是從海洋飄流而來，布包著的東西像是炭化的漂流木。細長而嶙峋的物體大概是樹枝。

不——

仔細一看，這物體很像人類的形狀。

「是魔女。」

賽蓮娜洩了氣，當場跪倒在地。

「魔、魔女？這是魔女？」

雖然看起來是人形，但並不像生物。更像乾枯的古木。

「我對她身上穿的長袍有印象。你看，袖口是不是有好幾道裂縫？最大的裂縫正好是我去找魔女時，被櫥櫃的釘子勾出來的。」

「她、她這樣……還活著嗎？」

「不。」

賽蓮娜從那個物體上拿起朝左右延伸的某種細長物品。它看起來毫無自我或意識的存在。

「死了。」

被連帽蓋住的圓型物體大概是魔女從前的頭顱。如今看起來像木雕像。尖尖突起的是鼻子，底下的大孔應該是嘴。凹陷的左眼積著海水，被月光照得發光，彷彿魔女正盯著兩人。

賽蓮娜掀起破布，搜身魔女的屍體。

「找不到。」賽蓮娜環視屍體周圍。「我的心臟不在這裡——」

3

漢斯與賽蓮娜在海浪打不到的地方挖洞，把魔女的屍體埋在裡頭。不能把她的屍體丟在原地不管，兩人覺得自己有義務幫忙處理。

他們回到黑漆漆的鎮上，在旅館門前告別。約好明天再見面。

漢斯趕回自己的家。夜色深沉黑暗，彷彿再也無法取回光明。漢斯感覺到潛藏暗處之物的動靜，靜悄悄地打開家門溜進去。唯有在這個時候，家這個地方才令他安心。

母親睡得很熟。漢斯回到床上，蜷縮在床單中。上帝現在是否也在某處看著自己？漢斯感覺自己就像個逃竄的歹徒。

躺在床上溫暖的被子裡頭，這下終於接受魔女已死的事實。

這也等於接受賽蓮娜必死的命運。

一切都是因爲奪走賽蓮娜心臟的魔女死了，無法將心臟歸回原位。就算能用某種方式裝回心臟，心臟本身卻消失無蹤。

賽蓮娜是否意識到自己即將死亡？

她恐怕全都明白。

即使如此她卻並未慌了手腳，到底是因爲身邊有漢斯作伴，還是因爲她具有堅強的意志？

然而漢斯記得當時的她跪倒在沙上。

她究竟抱著什麼想法，眺望昏黑夜色？

隔天漢斯沒怎麼吃早餐就衝出家門。雖然星期六跟平日一樣必須上學，漢斯卻不打算去學校。他有更該前往的目的地。

汙濁的天空布滿雲層，雨的氣味搶先雨滴一步降臨。漢斯穿過城區直奔旅館。

就在旅館進入視線範圍之時，漢斯停下腳步。

高䠷男子走出旅館門口。裝模作樣的帽子與黑色雙排扣大衣，毫無疑問就是路德維希。

漢斯反射性躲進暗處。

他也不知道爲什麼這麼做。他感覺路德維希似乎想避人耳目。他沒注意到漢斯，在路上走著。手上提著好幾張大型畫布。

漢斯追上前。

路德維希在人來人往的街角搭好畫架，不知從哪裡變出摺疊椅擺好。隨後他在附近地面鋪上薄布，排好畫。

接著他坐上椅子畫起圖。

這樣看來，他似乎眞的是畫家。

儘管是大清早，路上行人依然會駐足觀賞他的畫作。還有人與他議價買畫。

他似乎眞有幾分繪畫實力。雖然看起來更像用口才說服客人掏錢，但那也是他的才能。

但現在可不是在一旁溫馨守望他的時候。

包含今天在內還有三天。時間所剩無幾。

回過神來，雨滴零零落落地從天而降。轉眼間石板路上增加了許多黑點。路上行人也連忙消失至他處。躲在草叢中鳴叫的昆蟲，比先前更吵鬧。

路德維希用布包起畫，開始收拾。漢斯跑到他身邊。

「路德維希先生。」

漢斯出聲，他大吃一驚地回頭。

「安徒生！你怎麼在這裡？」

「沒什麼，就是……剛好過來。」

「這樣啊。那正好，你幫我收攤，在雨變大之前回旅館吧。」

漢斯照著他的話收好畫架與椅子。

「好，快跑吧。」

「呃，等等我啊！」

漢斯緊追著突然拔腿狂奔的路德維希。畫架中途掉在地上，在撿起來的時間，兩人的距離拉得更開。

漢斯上氣不接下氣地衝進旅館。路德維希請漢斯進房，漢斯將攜帶的物品隨便放置。東西全都被淋溼了。路德維希給了漢斯毛巾，漢斯擦乾被淋溼的頭髮。

「怎麼這麼吵？」

他們回神見到賽蓮娜站在開啓的門邊。臉色一樣蒼白，卻不見惡化。漢斯鬆一口氣。

「早安啊，賽蓮娜。眞可惜今天下雨。」路德維希把淋溼的大衣掛在鉤子上。「這樣海也——」

「漢斯也在啊？」

賽蓮娜打斷路德維希的話。

「啊、是的。」不過是相隔幾小時的重逢，漢斯依然很高興見到她。「賽蓮娜小姐有沒有好好休息？」

「我還睡不太習慣不會漂浮的床。」賽蓮娜進入房內，坐在椅上。「你們去哪裡了？」

「呃……我跟路德維希先生一起……路德維希先生你在那種地方做什麼？」

「我在賣畫。大人得賺錢才能活下去。德國送來的零用錢也剩得不多了。」

「這樣啊，眞意外。」賽蓮娜反應冷淡。

「我說過好幾次，我是畫家。你們莫非覺得我靠詐欺？」

「你做的事跟詐欺有什麼差啊。到底是在賣什麼畫？可別跟我說你昨天整天都在賣畫。看你還誇下豪口說海邊怎樣怎樣的。」

賽蓮娜的毒舌攻勢，路德維希僅是還以笑容。

「總之來喝點茶，聊聊接下來的事。」

路德維希暫離一趟，轉眼間又兩手空空地回到椅子上。

不久，老闆娘送來三人分的紅茶。

「我眞的可以喝嗎？紅茶很貴吧……」

「這是你幫我搬東西的謝禮。你該暖暖被雨打溼的身體。」路德維希說完啜飲起紅茶。

「嗯，味道眞不錯。」

「那……我不客氣了。」

「繼續討論吧。」賽蓮娜率先喝光紅茶開口。「我得知幾件關於魔女的情報。雖然捨不得時間，還是跟路德維希你說一下。你好歹是誓言成爲命運共同體的夥伴。」

賽蓮娜認同路德維希是夥伴這點讓漢斯很感動。賽蓮娜對他總是很冷淡，讓漢斯很擔心，但她的重情重義是無庸置疑。

賽蓮娜說了昨晚在海邊從姊姊聽來的話。重點有兩項。首先是姊姊去了魔女之家卻沒見到魔女，接著就是魔女匕首是由魔女本身特定的骨頭製成，不存在第二把。

路德維希緩慢地喝著紅茶傾聽。

「魔女匕首只有一把……嗯，冒出一個超乎我預期的棘手條件。對了，妳們還保留著妳姊姊在離宮內護城河撿到的匕首嗎？」

路德維希問。他的眼神無比認眞。

「應該……還在。」

「好，妳下次請她們帶來。」

「我會拜託姊姊。但爲什麼需要匕首？」

「我想畫圖。」路德維希想也不想地回答。

「天啊，我還以爲你有什麼正經理由。」

「還有比這個更正經的理由嗎？對了，還有一件事，以防萬一能請誰去妳妹妹從船上拋棄匕首的地方往下潛，在海底找找看嗎？」

「我們找過了，只是還沒告訴過你們。沒找到那把匕首。也是因爲這樣，我們從來不懷疑匕首只有一把——」

要是從魔女匕首只有一把的前提來推論，凶手就是有辦法撿拾匕首的人。擁有這能力的人就只有人魚姊妹們。然而她們沒有必要特地使用匕首行凶。若凶手不是她們，其他見到匕首被丟棄那瞬間的人就是凶手。能目擊那刻的人，就只有知道人魚公主隱情的人。除了姊妹以外的知情人士就只有魔女。

結論是魔女撿起自己的匕首殺害王子。

「魔女真凶說啊。順便問一下，魔女除了可以製造變成人類的藥物以外，還可以做什麼事？」路德維希問。

「我也不清楚。聽說可以操控水蝗，不知道是不是真的。」

「那像是下咒殺人呢？」

「我從來沒聽說過類似的事，追根究柢魔女也不是無所不能的魔法師，魔女無法爲了滿足自己的需求施法。要是所有的魔法都能用，我看她應該會治好自己醜陋的外貌，魔女會躲在深海裡，就是外表太難看了。」

「無法爲自己使用魔法啊。」路德維希碎念。「我記得使用魔法時，需要相當特殊的條件或代價是吧？」

「從妹妹與自己的經驗來看，魔女聽從願望的同時，相對地也會索取身體的一部分當代價。若交易不成立，魔法可能就無法發揮效果。所以魔女應該無法親自下咒殺害王子。」

「那如果有人的願望就是想殺害王子呢？委託人可以借用魔法的力量殺害王子嗎？」

「用魔法殺人？這也太……」

「委託人向魔女借用力量，交出身體的一部分當代價，於是交易成立。後來王子就被半空中冒出來的魔女匕首奪去性命。」

「魔女不可能有那種力量。」賽蓮娜迅速否定。

「不，如果不是這樣的話，王子凶殺案不可能成立。從當時的狀況來看，離宮裡沒有半個人可以行凶。這種想法比起幽靈索命，還算實際吧？」路德維希打開筆記本解釋。攤開的那頁也是一片空白。「我的意思是魔女真凶說沒有錯卻也不算對。魔女恐怕只是間接的凶手，另有委託她殺人的眞凶存在——這樣想一切都合理了。」

「是嗎？可是你口中的魔法在我聽來只是用來合理化推論的萬用藉口。」

路德維希沒理會賽蓮娜的話繼續說道。

「如果案件存在主犯委託人，這起命案就等於是破案了。」

「咦，爲什麼？」漢斯問。

「直接問魔女委託人是誰就行了。魔女知道凶手是誰。」路德維希得意地說。

漢斯與賽蓮娜憂鬱地對望。

「路德維希，很遺憾這行不通。」賽蓮娜說。

「嗯？爲什麼？」

「魔女死了。」

「——死了？」

「昨晚我們發現了魔女被沖上岸的屍體。」

「妳確定那是魔女？」

「她那副模樣我絕對不會看錯的。」

「爲什麼？魔女怎麼會死了？」路德維希罕見地大受打擊。

「我們也不知道理由。」

「果然是這樣嗎……看來我搞錯了某件很重要的事……」

路德維希自言自語，急急忙忙地用鉛筆在筆記本上塗塗寫寫起來。上頭畫的圖畫亂七八糟，漢斯看不太懂。

「對了，那妳的心臟呢？」路德維希突然想起，抬起頭問道。

「沒找到。可能魔女銷毀了，或者——」

「被別人搶走了。」

是誰搶走了賽蓮娜的心臟？

眞有人會做這種事嗎？

「妳去拿變成人類的藥時，魔女看起來怎麼樣？」

「這我該怎麼回答……魔女是令人毛骨悚然的存在。可以的話我不是很想靠近，見也不想見到她。我盡速完成交易後就離開魔女之家了。」

「當時有什麼異狀嗎？」

「沒什麼特別的。硬要說的話，她看起來比半年前我們去借匕首時還要虛弱。」

「魔女有沒有可能是年紀大了自然死亡？」

「不知道。絕不可能有人知道魔女是怎麼活的，又會怎麼死去。」

「這樣看來……果然還是有被第三者殺害的可能性。」

「殺害？」漢斯不禁拉高聲音回問。「魔女是被人殺死的嗎？到底是誰？」

「當然就是委託魔女殺害王子的人囉。只有魔女知道委託人是誰，殺了魔女就能讓眞相永不見光。對方是爲了滅口而下手。」

「這……魔女眞有辦法被人殺死嗎？」

「魔女想必絕非不死之身。刺上一刀或許就會像人類一樣沒命。」

「我也同意魔女可能是被某人所殺害。」賽蓮娜將雙手插在胸前。「我的心臟消失就是個根據。魔女把我的心臟裝進瓶子裡，弄成項鍊掛在脖子上。很噁心吧？但項鍊消失了，不可能是被波浪沖走，是有人搶走了。」

「爲什麼他要搶賽蓮娜小姐的心臟？」

「聽說人魚心臟價值連城，特別是尚未停止跳動的。」

「既然如此可能就跟王子命案無關嘛。可能是某個壞人想要人魚的心臟，殺了魔女……」

「能當面見到深居海底魔女的人類非常少。不對，應該說幾乎沒有這種人。這人想必是與魔女締結了某種關係的人類吧。」

那會是什麼關係？果然是想殺害王子的委託人嗎？

「無論如何魔女已經死了。再也無法從魔女口中問出案件的眞相。」

外頭的雨重重地敲打著窗戶。不吉利的雨聲逐步放大了不和諧的聲音。

「現在魔女死了，妳的身體有沒有產生什麼變化？」路德維希問。

「沒有特別的異狀。跟你看到的一樣，腿仍和人類一樣。總之藥效看來還沒退。」

「問題是心臟啊……果然要取回心臟，就只能追查殺害魔女的兇手。那傢伙很可能也是殺害王子的眞凶。」

路德維希說得沒錯。

只要追查眞相，就能保住賽蓮娜的性命。

「那我們來整理目前爲止的論點吧。」

路德維希邊在筆記本上素描邊開口。

「凶手爲了殺害王子而委託魔女行凶。凶手與魔女之間進行了某種交易，藉由魔法在神不知鬼不覺下成功殺害王子。然而過了半年的現在，這個人發現有人在追查王子命案。於是凶手滅口而殺了唯一知道眞相的人，也就是魔女。」

「這樣看來，眞凶就成了知道我們行動的人了。」漢斯說。

「凶手在我們身邊這點應該沒錯。」賽蓮娜望著雨滴垂落的窗邊。

「就這麼斷定還嫌早。這還只是個假設。而且這個假設還有無法完整解釋的點。」路德維希指出。

「你說動機？」賽蓮娜回道。「離宮的人沒有殺害王子的理由——但動機這種東西之後再想就夠了。說不定有人私底下對王子懷恨在心啊？」

「對，動機是一點，但更重要的還是在行凶方式上。」

「行凶方式不就是你剛才說的魔法嗎？難道不一樣？」

「假設能用不可思議的力量讓匕首飛起來，成功要了王子的命。凶手不在現場也能成功刺殺王子。這麼一來嫌疑就不會落到自己頭上。」

「這有什麼問題嗎？」

「在行刺成功的那刻，魔法應該就結束了。」

「對，然後呢？」

「那麼刺在王子背上的匕首怎麼辦？既然魔法已經結束了，只能親手拔起來處置。對凶手來說，總不能把會揭穿自己與魔女有所關聯的凶器丟著不管吧？」

「是啊，雖然知道那是魔女匕首的人也不多，應該還是會想盡可能避免讓凶器落入執法人員手中。」

「既然如此，那就在王子屍體被發現之前拿回匕首丟掉就好了啊？」漢斯隨口說出想法。

「你說得對，安徒生。發現王子屍體時，凶器不見蹤影。當時凶器就被丟掉了。所以你覺得凶手瞞著所有人率先趕到王子的屍體旁，再撿回凶器從陽台拋到外護城河裡囉？」

「我認爲是這樣。」

「這個畫面我怎麼想都覺得不太對勁。」路德維希撐著臉頰盯著空白的筆記本看。「這樣利用魔法還有什麼意義？既然都要用魔法下手，不就應該採取完全不需要接近屍體的方式嗎？凶手眞的會採用必須自己找回凶器的方式行凶嗎？」

「那就是魔法的極限吧？或許魔女的力量最多只能讓刀子飛過去。」賽蓮娜雙手一攤。

「但凶手會只爲了得到這點程度的力量就跟恐怖的魔女立約，把自己身體的一部分當成代價交出去嗎？我覺得這聽起來對委託人——也就是凶手太沒好處了。」

「一開始提起有的沒的魔法的人是你耶，路德維希。你現在要自己推翻嗎？」

「這還用說，我可不會只靠單一的視角去理解一件事。美麗紅艷的蘋果另一面，說不定仍然青澀未熟。說不定切開來裡頭早已腐爛。我總是謹記著維持站在所有視角的公正。」

「所以呢？」賽蓮娜冷冷回道。「你看魔法哪裡不爽？」

「如果王子刺客借用了魔法的力量，案件的面貌應該會與我們所知的大相徑庭。會動歪腦筋去與魔女締結契約的人，應該會採用讓王子的死看起來不像謀殺的方法吧？比方說僞裝成自然意外死亡，就不會讓人產生不必要的疑心。」

「原來如此……說得也是。」漢斯被說服了。「既然都借助了魔女的力量，從一開始就不需要弄成凶殺案！」

「是啊，我就會這麼做。只要我們眼前的畫仍是凶殺案，凶手用魔法的可能性就不高。」

「也對。」賽蓮娜也罕見地佩服點頭。「這樣看來，我們可以想成殺害王子的凶手與魔女不曾接觸嗎？既然如此，魔女爲何會喪命？誰殺了她？我的心臟又去哪裡了？」

「既然王子命案的凶器使用了魔女匕首，凶手就有以某種形式接觸過魔女的可能性。比方說凶手或許在不知道對方是魔女的情況下與她碰面。」

「這有可能嗎？」

「無法一口否定。」賽蓮娜說。「魔女的樣貌與人類的老人差不多。只要穿著長袍把連帽壓得緊緊的，應該會被誤認成打扮寒酸的老人。」

「順便一提我想確認一下，魔女也能在陸地活動吧？」路德維希問。

「我不知道。但如果魔女跟我們人魚一樣是海中居民，至少可以推論她在陸地上呼吸不成問題。然後光是從魔女的屍體來看，她也有類似人類雙腿的部位，或許能登上陸地。」

「原來如此。」路德維希點頭。「我也想檢查魔女的屍體。待會帶我去沙灘。」

「你檢查屍體做什麼？」

「我想畫圖。」

「天啊，你也很噁心……」賽蓮娜很傻眼。

雨中的上午就如垂落的雨水點點滴滴流逝。

告知正午的鐘聲從教堂傳入耳中。

儘管針對案情的討論聽起來頗有進展，到頭來還是沒解開凶手的身分。反而是魔女眞凶說遭到反駁，推理進度往後退。委託魔女行凶的眞凶存在一說，看來也不算正確。

魔女身亡讓案件更加複雜。

「目前眞凶的身分都還沒有頭緒。這樣下去我什麼都做不了就要結束了。」賽蓮娜擺在桌上的雙手緊緊合握。「我雖然早已做好變成泡沫的準備，但我不想毫無作爲地變成泡沫。不然我又是爲了什麼才來到這裡……」

賽蓮娜咬著下唇掩飾焦慮。

「沒事的，不是還有三天嗎。」

「只剩三天了！」

「公主殿下，用不著這麼心急。我可不打算當個普通的旁觀者。我就像這樣爲了——」

「爲了畫圖嗎？我看你只是想畫我困擾吧？你是不是想畫我哭哭啼啼走向破滅的樣子？」

「這種畫也不賴。」路德維希說。「但眞正想畫的，是你們的笑容。」

「笑容？」賽蓮娜皺起眉頭說。

「妳看看妳，總是這一副表情。」路德維希笑著說。「我這幾個月來進行學習藝術之旅，注意到一件事。就是被稱爲藝術品的繪畫之中，描繪笑容的畫作壓倒性地少。尤其越是追求美、哲學或宗教性的繪畫，畫面上就越難見到笑容。但我認爲若要正確地畫出世界之美，就必須畫出其中人們的笑容。所以爲了讓你們露出無牽無掛的笑容，我什麼都願意做。」

「你從剛才都是用『你們』這個詞，這也包含我在內嗎？」漢斯問。

「那當然。打從初次相遇，我就恨不得笑容趕快回到你的世界。讓我畫出光輝重返秩序崩潰且失去繁花的世界吧。」

「說到底還是爲了你自己的畫啊。」

賽蓮娜的眼神一如往常地充滿疑心。

「的確是這樣。」路德維希露出難爲情的笑容。「用妳會喜歡的說法來解釋，就是我們利害關係一致。這樣不就夠了嗎？」

「嗯。」賽蓮娜打發似地別過臉。「你就盡量表現吧。」

「遵命，公主殿下。」

路德維希裝模作樣地說完，喝光了紅茶。

此時雨聲猛然變響亮。

聲音從旅館走廊傳來，看來這不是雨聲，而是人的腳步聲。彷彿傾盆大雨敲打地面般粗暴，無數的腳步聲正逐漸接近。

路德維希趕緊起身走向門。門同時開啓，門後出現一名面善的男子。

「那名叫賽蓮娜的少女在嗎？」

他是約翰尼斯執政官，背後跟著四名男子。大概是衛兵或憲兵。

約翰尼斯見到賽蓮娜，立刻以嚴峻的表情如此宣告——

「賽蓮娜，我以涉嫌殺害克里斯蒂安王子的名義逮捕妳。」

男人們圍住賽蓮娜，將她押送出房。男人壯碩軀體的包圍下，漢斯見不到賽蓮娜。

「賽蓮娜小姐！」漢斯出聲叫喚。

「漢斯！接住。」

一條纖細的手臂從男人們的縫隙伸出，丟出某個小東西。漢斯接住那個物體。

男人們沒注意到賽蓮娜的行動，把她帶到室外。他們毫不在乎風吹雨打，圍成一團朝停在略遠處的馬車前進。賽蓮娜看起來沒什麼抵抗。

「約翰尼斯先生，這究竟是怎麼一回事？」

在旅館的玄關，路德維希叫住約翰尼斯。

「這不是格林先生嗎，您近來如何？老實說我時有耳聞，那個叫賽蓮娜的少女跟半年前命案發生時失蹤的女人長得一模一樣。偵破克里斯蒂安王子命案是我們的要務。我認爲有必要向她審問一番。」

「她與命案無關。」

「這由我們來判斷。沒什麼，只是問問話，您別擔心。再會。」

雨中的馬車駛過水灘，消失在灰色霧靄的另一端。

4

漢斯在地上癱坐，一動也不動。千眞萬確地聽見至今以來支持著自己的東西折斷碎裂的聲音在耳邊響起。

「沒想到會這樣。」路德維希似乎很傷腦筋。「你們在離宮太引人注目了。」

「賽蓮娜小姐她……沒事吧？」

「嗯，他們手上沒有能明確指出凶手是賽蓮娜的證據。八成想讓她在拘留所身心俱疲，慢慢拷問逼她自白。」

「拷、拷問！太過分了！」

「這樣下去她說不定會被誣賴成王子命案的眞凶。外表與消失的侍女相似，而且最近還去離宮四處打聽，適合栽贓成凶手。」

「天啊……都是我害的。要是當時在圖書室乖乖待著……」

「不對，他們早晚會找出賽蓮娜。就算沒做這件事，她也夠顯眼了。只不過是該發生的事提早一點。」

「路德維希先生……該怎麼辦才好……」

「首先你要穩穩地站起來，安徒生。」

路德維希向漢斯伸出手。

「你要是不挺身而出，還有誰能幫助她？」

漢斯緊盯著他的手。沒錯，沒時間崩潰了。

漢斯握住路德維希的手站起身子。

「很好，這樣你又更靠近大人一步了。」

「我又不想變成大人……」

漢斯擦擦眼角，不讓淚水滑落。

「不提這個了，我們快幫助賽蓮娜小姐吧！」

「千萬不能躁進。我們還沒有能與他們對抗的武器。」

「武器……？」

「案件的眞相。只要我們找出眞凶，賽蓮娜也會被釋放。」

「是沒錯……但……」

還不知道凶手是誰。

如果魔女就是凶手呢？

約翰尼斯他們能接受這樣的眞相嗎？

「安徒生，賽蓮娜剛才給你東西了吧？那是？」

「你不說我都忘了！」

漢斯想起左手緊握的東西。

他攤開手掌。上頭有個小指大小的細長筒子。邊緣鑽了小小的洞。

「這是……什麼啊？」

「好像是笛子。含住這裡吹氣。」

漢斯按照指示吹起笛子。笛子發出尖銳的聲音。

「可能是用來通知所在地的道具。只要你吹這個笛子，她就會注意到你。」

原來如此，這是賽蓮娜託付給自己的希望。

漢斯將笛子緊握在手中，接著收進口袋裡。

「不能繼續悠哉下去了。」

路德維希回到房間套上大衣，戴好帽子。

「走吧，安徒生！」

路德維希衝出屋外。

「啊，請等一下。你要去哪裡？」

「海！我想調查一件事情。」

漢斯追在拔腿狂奔的路德維希後頭。雨就跟霧一樣細，轉眼間打溼身上。呼吸成了白色霧氣。街上沒什麼行人，明明是白天卻能見到一盞盞點著燈的窗戶排在一起。

「請你……跑慢一點啊……路德維希先生。」漢斯氣喘吁吁地說。光是想追上長腿的路德維希，他就精疲力竭。

「抱歉抱歉，我們慢慢走吧。」

兩人沿著河朝海前進。

河水變得混濁，水量增加了。平穩的奧登斯河變了個模樣。

海終於映入眼簾。雨空下的海洋染上一片黑，狂亂的波浪就像荊棘般四處突起。

「我想調查魔女的屍體。」

路德維希環視著沙灘說道。

「在這邊。我們有做記號。」

沙灘一角刺著一根粗粗的樹幹。那是昨晚漢斯兩人挖洞的道具，最後被他們當記號。

漢斯與路德維希撥開吸水後變得沉甸甸的沙子，挖出面目全非的屍體。

他們見到包裹在破布裡的屍體。兩人合力將屍體拖出來。

漢斯很害怕，後退幾步遠離。在毫無人煙的昏暗沙灘上，那個物體實在嚇人。

路德維希蹲在旁邊，掀起上頭的破布。裡頭是與昨晚相同、宛如黝黑漂流木的屍體。

「看、看這種東西可以弄清楚什麼事？」

「說不定可以弄清楚魔女死亡的理由。」

路德維希拿出筆記本與鉛筆。他用大衣幫筆記本擋雨，快手快腳畫起屍體的素描。

「原來如此，說是人魚或人都不太對，但硬要說的話算是人形吧。肚子開了個大洞。看來是被刺穿了。這說不定就是致命傷。」

「她被什麼東西刺死了嗎？」

「應該是。有沒有其他明顯的外傷……沒有，這個地方……臉的左側看起來有個大凹陷。這是被毆打產生的凹陷，還是說……」

路德維希的筆記本轉眼間畫上了屍體的詳圖。

「胸部的肉腐爛脫落，露出肋骨。左邊第十三根從根部被斜向切斷。可能是製作匕首的需求吧。這是魔女生前自己切的嗎？眞是超乎我的理解。」

路德維希一個人喃喃自語，仔細觀察切面，畫進筆記本裡。

兩人背後的波濤聲越來越吵雜，彷彿海洋朝兩人步步逼近。

「這下差不多了。」

路德維希關上筆記本。

「我們先把屍體埋回去。說不定之後會成爲證據。」

兩人再次將屍體包進破布裡，丟到墓穴中，蓋上先前挖出來的沙。

「賽蓮娜現在應該正在被押送到拘留所的路上。要救出她就必須說服約翰尼斯執政官。我們要找齊證據，揪出眞凶。」

「我們眞的辦得到嗎……」

「就盡力而爲吧，安徒生。」

「但是……」

「我們好歹發誓過要當命運共同體吧？」

沒錯，能救出賽蓮娜的就只有兩人了。

「好，說定了！」

爲了賽蓮娜，我要找出眞相。

漢斯緊緊握住口袋中從賽蓮娜手上接收的笛子，在心中如此發誓。

period Ⅲ

一七九六年——地中海

人魚公主為了前線的他游遍大海，多次潛入敵地港口與河川。沒有任何士兵注意到水底的人魚公主。她獲得敵人的情報，接著趕去那個人身邊告知。

然而人魚公主因為淋了魔女之血變得面目全非，總會避免直接現身。

她靠著操作海岸附近名為電報的裝置傳達情報。電報由好幾根長棍組成，架在比屋頂更高的地方以繩子牽動，向身在遠方的人傳遞情報。如此一來，人魚公主也能控制繩子，向人類傳遞情報。

人魚公主的情報足以將他率領的軍隊導向有利形勢。她非常自豪。變成人類的夢想破滅，失去美貌的現在，僅存的幸福就是為他奉獻。

人魚公主也知道他在上戰場的兩天前，與人類女子結為連理。結婚對象配不上前程似錦的聰明青年，只是個鄉下的貴族小姐。但並不會不甘心。只要想到自己能為他付出更多，她就能拿出自信。何況那個村姑根本不可能前往戰爭最前線，穿越槍林彈雨深入敵地偵察。

與結婚兩天就分隔兩地的女人不同，人魚公主總是陪在他的身邊。人魚公主偵察的情報，讓軍隊接二連三的勝利。

她現在還能隱隱約約見到未來。這分不可思議的力量發揮莫大作用，拯救了在戰場遭遇危險的他。然而未來並非想見到就能見到，無法控制力量讓人很傷腦筋。而且不只是開心的未來，時常見到不願見到的未來。一把駭人匕首刺入腹中的景象，與過去刺殺魔女時的記憶重疊。

人魚公主持續著宛如單戀的孤獨戰鬥。她總是待在接近卻又遙遠之處，看著青年因爲她的全心付出在戰場節節勝利。

他的英姿就是人魚公主的幸福。

他建構的未來，就是人魚公主的未來。

然而這依然只是不會有回報的戀情。

這張醜陋的臉、嘶啞的嗓音與乾澀的頭髮，他絕對看不上眼。

正是因爲明白，人魚公主才會冒著所有危險，不斷爲他的勝利付出。

她不斷欺騙自己：這就是愛——

第四章

一八一六年——丹麥・奧登斯

1

雨水將天空浸潤成一片灰濛濛。下午增厚的積雨雲籠罩天空，東邊冒出的幽暗染遍整座城鎮。靜謐落下的雨聲，宛如急躁的夜之跫音。

「安徒生，這裡距離拘留所很遠嗎？」走在無人的道路上，路德維希開口。

「拘留所是憲兵關押人犯的地方嗎？離鎮上很遠。」

「這樣啊，那我們過去可能也只是浪費時間吧。反正他們絕不可能讓我們見賽蓮娜。」

「不過……我很擔心她。」

「下次見面就是救出她的時候。在此之前我們集中精神在證明她的清白上吧。」

「……好的。」

漢斯毫無自信地點頭。雨水從溼潤的瀏海落下。

「下這種雨不適合在外活動。今天就窩在房間裡推理。」

「推理？」

「來重新思考一次案情。」

兩人小跑步回到旅館。

抵達旅館，漢斯兩人將溼淋淋的外套與帽子掛在暖爐旁，喝起老闆娘泡的熱騰騰紅茶。

隔著冒雨的玻璃窗眺望扭曲的風景，漢斯想起賽蓮娜。她或許正看著相同的景色，冷得打顫。但身邊沒有人會爲她遞上溫暖的紅茶。眞不知道她現在多難受。

必須盡快救出她。

漢斯凝視著倒映在紅茶裡的臉龐。殷紅液體另一端，是他憂鬱的表情。

路德維希起身，像平常那樣打開筆記本。

「來，我們開始。」

路德維希一張一張地檢查起筆記本裡的頁面，接著撕下來。

「哇！路德維希先生，你在做什麼！」

他將撕下的紙片一一排放在桌上。

紙上畫著至今以來發生過的事，一張張按照順序排放，就像桌面上倒映著自己的記憶。裡頭有一絲不掛躺在沙灘上的賽蓮娜、在離宮入口仰望城堡的漢斯一行人等等，路德維希在事後才補畫的圖。

「好驚人啊……簡直就像回顧自己的記憶。路德維希先生果真是畫家。」

「呵呵。繪畫對我來說是用來了解世界。」路德維希望著畫，在桌子周圍緩緩踏步。「要理解一件事，就必須從各種層面正確掌握許多情報。我的手稿就是爲此存在。」

一些畫作還記錄著疑似細部說明的文字。

有這麼豐富的紀錄，光是環視所有的畫，眞相似乎就能浮上檯面。

「魔女無疑是被某人所殺害。而既然殺害王子的凶器就是魔女匕首。難以認爲兩起命案毫無關聯。」

路德維希站在桌邊抱著手臂說。

「來推測魔女與凶手之間有什麼關係吧。魔女收回賽蓮娜妹妹丟下的匕首，接著交給王子命案的眞凶。不確定此時兩人之間是否有借用魔法的交易。我猜大概沒有。因爲要是用上了魔法，就不需要特地採用一看就知道是謀殺的手法。」

路德維希拿起描繪著魔女屍體的紙張，仔細端詳後放回桌上。

「繼續思考魔女與凶手的關係，還可以找到另一個沒用魔法的理由。凶手恐怕不知道對方是魔女。因此凶手才沒有借用魔女神奇力量殺害王子的想法。」

據說魔女的外表與人類老嫗相似。只要穿著長袍把帽兜蓋緊一點，凶手極可能沒注意到她是棲居深海的異形。

「若是沒聽說過魔女，凶手就不是住在海裡的人魚。大概是人類。那麼凶手這個人類與魔女是什麼時候相遇的……這點我不清楚，但主動靠近對方的應該是魔女吧。畢竟人類去不了魔女位於海底的住處。」

「魔女主動靠近人類……？真有這種事嗎？」

「因爲魔女懷抱著一個目的。」

「目的？」

「——殺害王子。」

「咦，這是怎麼一回事？殺害王子的不是凶手嗎？魔女的目的怎麼會是殺害王子？」漢斯一頭霧水。

「凶手只是在魔女的唆使下拿起凶器。不對，或許凶手暗中有殺害王子的慾望，卻被人類的理智壓抑。魔女取下理性的箝制，遞出匕首，把殺害王子的工作交給凶手。」

「唔……爲什麼魔女不自己去殺王子？」

「她不是不想動手，而是沒辦法動手。魔女雖然具有神奇的力量，卻不能爲自己而用。也就是說無法以魔法來殺人利己。而論直接手持凶器前去刺殺王子，魔女與人類世界的落魄老人沒有兩樣，以體力來看很難刺死一名青年。」

「所以她才接近有辦法刺殺王子的人，慫恿對方下手，把凶器交給那個人啊。她就這樣對王子懷有殺意的人推了一把……」

「沒錯，魔女是幕後黑手也是主謀，但她不是主角。」

「可是魔女有什麼理由要殺害王子？魔女不是人類。王子無害也無關啊……」

「問題就在這裡。這樣看著畫也看不出所以然。」路德維希面有難色地沉吟。「我認爲魔女早已預期賽蓮娜的妹妹會愛上克里斯蒂安王子，戀情最後無疾而終。即使如此她還是賭上了人魚公主殺害王子的可能性，將她送到人類的世界。」

「難道說——就連賽蓮娜小姐的妹妹，也成了被魔女把玩在手心上的棋子？」

「是啊……她成了殺害王子的工具。但她沒有照著魔女的如意算盤行動。她懷抱著化爲泡沫的覺悟，丟掉了匕首。」

「人魚公主行刺王子雖然以失敗收場，但不久魔女又把匕首交給了其他人。」

「沒錯，魔女當晚躲在別處見證結局，因此知道匕首被丟掉了。魔女立刻衝去撿回匕首，拿去給下一名凶手候選人。就結果來說，兩天以後殺害王子的目的就達成了。」

「都怪魔女——魔女果然就是壞人！」

魔女不僅利用愛上人類的人魚公主，還把凶器託付給其他人類，讓對方行凶。眞是充滿惡意的殺人計畫。

「那麼，目前爲止的推理有沒有問題？」

「應該沒有。」漢斯回答。

「那我們繼續。」路德維希從桌下拉出椅子，翹著腿坐下。「安徒生雖然說沒有問題，但要理解這起命案，至少還需要解開三項要素。」

「三項要素？」

「第一項是魔女殺害王子的理由，就是動機。這點你剛才也說過，爲什麼住在海底的魔女這麼勞心勞力也要刺殺第二王子克里斯蒂安？我完全無法想像。

「第二項是從魔女手上接收匕首的人，也就是王子命案的實犯是誰。而這個人又是如何瞞天過海刺殺王子？讓人懷疑是魔法或幽靈索命的案件究竟眞相爲何？

「第三項是王子命案的主謀魔女到底是被誰又爲了什麼原因殺害？」

「關於第三個問題，應該跟我們之前討論一樣？害怕眞相曝光的凶手，殺害了主謀的魔女——」

「不，這樣會與目前爲止的推理矛盾。凶手不是不知道魔女的眞實身分嗎？追根究柢凶手也不覺得對方是王子命案的主謀。凶手並不會為了封口而殺害魔女。」

「啊、原來如此……也對。」

「那麼是誰殺了魔女？是第三者下的手，或者依然是殺害王子的人？光靠手邊的畫作，看不出凶手的眞面目。」

路德維希來回環視自己的畫。

漢斯學他端詳起形同自己紀錄的繪畫，卻無法找到解決案件的線索，越來越著急。說不定他們在看畫的期間，賽蓮娜正受到折磨。無能為力令漢斯有種想哭的衝動。

2

「我們來重新思考第二個問題——對我們來說最要緊的王子命案。」

路德維希拿起一張在離宮完成的畫作，擺在窗邊凝視。

「當天王子上午十點從後門離開城堡，騎著馬前往城外。據說是找賽蓮娜消失的妹妹。」

「因為王子不知道她變成泡沫消失了。」

「接著與王子離開城堡幾乎同一時間，廠商就在後門大廳開始更換地毯的工程。他們一直工作到下午五點，因此可以掌握後門訪客行蹤。至少他們待在後門的期間，王子還沒回來。」五點後門上鎖封閉。閒雜人等不可能透過後門入內。

「接著下午六點，王子的屍體被發現了。」

路德維希以手指按著的那張紙上，畫著倒臥在地的王子。那是他以證詞爲基礎想像出來的畫作。

「問題在於下午四點半至六點的一個半小時。近一步縮小範圍，則是五點到六點。」

「下午四點這個時間，我記得是傭人到後來發現屍體的房間換床單的時間。」

「沒錯。傭人證實當時室內沒有任何異狀。如果王子是在房內遇害，必定是在四點半以後的時間。接著五點是後門封閉的時間。六點就像我剛才說的，是屍體發現的時間。在這段特定的時間裡，沒有任何行蹤不明的人，因此沒有人有辦法殺害王子。」

以時間來看，離宮內部的人不可能殺害王子。王子疑似遇刺的五點到六點之間，每個人都與一名以上的同伴共同行動，可見絕不可能行凶。

另一方面，城外的人也難以靠物理手段潛入城堡。幾乎不可能。

凶手究竟從何而來，如何殺害王子，又上哪裡去了？

解開這些謎團的線索又在哪裡？

漢斯歪著頭眺望排在桌上的畫。

「唔……要是能弄清王子何時回到城堡，感覺案件應該會變得更簡單……」

「沒錯，你說對了。說不定這點是這起案件最大的要點。由於當時沒有守門人，沒人知道王子回來的時間。而在後門待到五點的換地毯工人也沒見到王子回來。那麼王子是從正門玄關回來嗎？根據監視正門玄關的衛兵表示，那天王子從來沒有使用玄關出入。這樣看來他應該是在五點過後從正門玄關以外的地方回到城裡。可是後門已經封閉了，也沒有人能幫王子開後門。順便一提城堡的窗全都從內側上了鎖，無法從外面闖入窗內。克里斯蒂安王子究竟是何時回到城堡的？」

「我記得五點過後，有人見到王子的馬停在馬廄裡吧？」

桌上也有畫著馬廄的畫作。不知道是用想像力構成的，還是從門上用望遠鏡寫生出來的。

「首先見到王子愛馬的人是園丁拉森。但拉森不是無時無刻都在監視馬廄。王子的馬也可能五點前就回來了。」

「是啊。」

「如果王子比較早回來，換地毯的工人還待在後門，他們就會見到王子進出後門吧？」

「我想到了！」漢斯靈機一動叫出聲。「這樣啊……但王子爲什麼使用祕密出入口？」

「因為後門關起來了。」漢斯為自己的突發奇想大為振奮。「如果他是在關門前救回到城堡，他應該會正常使用後門。但沒人見到從後門返家的王子身影……這樣看來王子是在五點以後回家，發現後門關閉了，於是使用祕密的出入口。他一定是覺得繞去正門玄關很麻煩，才會選擇走附近的祕密入口吧。因此沒有任何人見到他回來。」

「的確說得通。這樣的話就可以鎖定時間地點，王子過了五點回到城內有陽台的房間，在房內遇害。」路德維希收起桌上的紙張。「當時城內的人在做的事，全都畫在這裡面。」

他從手上的紙堆抽出一張，上頭畫著腓特王子的肖像。

「腓特烈第三王子。據說他從下午三點起就與兩名侍從一起在圖書室學習德文。至少在六點之前，他從未離席。只不過兩名侍從都很仰慕腓特烈王子，我們也必須將作偽證護主的可能性列入考慮。」

路德維希將那張紙放回桌上。接著他將手上一張紙翻到背面鋪平，叫漢斯拿起其中一張。

漢斯一拿，紙上畫著約翰尼斯可恨的嘴臉。

「別來無恙……約翰尼斯執政官。」路德維希裝瘋賣傻地向畫行禮。「據說他當天從白天到六點一直與書記關在辦公室工作。具體上是什麼工作，是否真的不曾離開辦公室，詳情情形不明。順便一提，當天他也不曾踏出城堡一步。」

路德維希再次將手邊的紙張攤開。

「好的，下一張。」

「哦，是拉森啊。他可是代代相傳的離宮園丁。他在上午八點就起來打理庭園，在上午十點見過騎著馬外出的王子。接著在下午四點之前爲了工作在城堡與庭園間來來回回。地毯工人也見到了他進出後門的樣子。然後四點到五點之間，他在別棟的小屋與同事一起休息。過了五點準備回到城堡時，他見到王子的馬停在馬廄裡。此後他與傭人們一起跑遍離宮上下找尋王子。可確定他總是與多名傭人共同行動。」

「若謀殺發生在五點到六點之間，拉森先生感覺沒什麼空檔殺害王子。」

「對，下一張。」

漢斯拿出一張紙。

上頭畫著一名孱弱女子。

「路薏絲太子妃。她在上午十點走出寢室目送王子離去。接著她去了廚房，混在廚師裡頭煮起菜來。此後她數度前往後門大廳，確認鋪地毯進度。然而她只有在四點左右一度走出後門來到城外。據說她很擔心王子晚歸，跑去馬廄查看。過了不久她回到城堡，與後門大廳的地毯工人交談過後回到自己的房間。至少在五點的時候，她已經待在自己的房間與侍從一起享受編織的樂趣，在六點之前不曾離席。」

「至少上述這些人都沒有時間對王子下手呢。」

「沒錯，沒人有機會殺害王子。」

「這怎麼可能……」

漢斯一頭霧水地按照順序看向桌上排放的人像。凶手不在這裡頭嗎？還是說其中一人使用了宛如魔法的方式行凶，只是漢斯他們無法參透？

「無法看出眞相，說不定是因爲畫本身出了錯。」

「畫出了錯？」漢斯反問。

「沒錯，畫上一定有某處反映了我的誤會。有必要移動視角，顚覆思路。」

路德維希露出難得一見的嚴肅表情，望著自己的手稿說道。

這段期間，漢斯聽著逐漸增強的雨聲。

「或者只是單純資訊不足呢……對了，有必要再去打聽。但現在過去也沒用……」

路德維希自言自語起來，將桌上的紙張收成一束。

「安徒生，你今天差不多該回家了。今天的天黑得很快。」

「咦……不要，我今天要一直待在這裡。這是爲了解決案件……」

「那你就更應該回家。要是你不回家，你媽媽會擔心你。然後她說不定再也不肯讓你出門。這樣一來你必須在場的時刻，說不定就會缺席了喔？」

「……是沒錯啦……」

漢斯痛恨起自己是個不被允許自由運用時間的孩子。

「用不著這麼憂心忡忡。我會繼續調查命案。希望你能暫時將你的願望託付給我。我一定會帶領案件走向破案。」

「好的……但你眞的不介意嗎，路德維希先生？」

「介意什麼？」

「爲什麼你要爲我們做這麼多？我只是個跟你非親非故的陌生孩子吧？爲什麼你會照顧這種人到這個份上……」

「我也說過吧？我是——」

「爲了畫畫嗎？我認爲不只如此。你看起來似乎對其他的事也感興趣。」

「是啊，或許是這樣吧……」路德維希抱著手臂說。「我想我大概熱愛著存在於這世上的謎團與靈異。越是詭異越是奇妙，我就越是受到吸引。而我大概是對解開謎團公諸於世感到愉悅的人。我總是藉由昇華爲繪畫的方式欺騙自己。因爲我害怕要是我自己也承認這點，就像是在否定自己一樣。但面對這起我們碰上的謎團，我終於明白真正該做的事。用一句話說就是——偵探。」

「偵探？」

「這個詞彙是指偷偷摸摸又快刀亂麻地解開案件眞相的人。法國人把混進犯罪組織偵查情報的線民叫做偵探，積極地利用在犯罪搜查上。我在剩下的時間要成爲一名偵探。因此你們沒什麼好憂心的。」

路德維希挺起胸膛誇口。

漢斯完全無法理解他的自信，但能感受到他散發出前所未有的積極氣勢，自告奮勇要解開謎團。

交給路德維希。漢斯在心裡這麼想，決定乖乖回到家裡。

走出房間之際，路德維希叫住他。

「對了，安徒生，我也不打算放棄繪畫。我會有始有終地繼續描繪你們。」

「好、好的……」

漢斯五味雜陳地點頭，走出雨中。屋外已經十分昏暗。連忙踏上回家的路。

3

晚上雨仍未停歇。漢斯在床裡握著賽蓮娜給他的笛子聆聽雨聲。打溼地面的雨聲聽起來就像是緊貼在耳邊響起。

結局正一分一秒逼近。

然而漢斯家裡的時間卻彷彿從那天便停滯不前。家中景象毫無變化。就連母親也彷彿從父親死去的那天起就重複過著相同的日子。要是關在家裡，自己的時間會靜止下來，往後過著有所欠缺的生活。漢斯這麼認爲。因此與賽蓮娜的邂逅對他來說是種救贖。讓他可以稍微抬起臉龐繼續前進——

她現在過著什麼樣的夜晚？賽蓮娜很倔強，不讓人見到她軟弱。她絕對會聲稱自己不要緊。她傷得有多重，有多虛弱，只能旁敲側擊。

漢斯再次凝視笛子。

賽蓮娜爲何會把這玩意託付給自己？就算吹了這個笛子通知賽蓮娜自己的所在地，也沒什麼意義可言。因爲她無法做出回應。

漢斯突然閃過一個念頭。

這不是用來呼叫賽蓮娜的東西。畢竟原本就是給賽蓮娜帶在身上的……這應該是她拿來呼叫別人用的東西。

呼叫誰？

對了！

漢斯從床上跳起。

母親在角落的床上陷入宛如死亡的沉睡。漢斯披上外衣，偷偷摸摸溜出門。

漢斯至今仍不太習慣在黑夜中行走。尤其是沒有月光的雨夜，他在黑暗之中跌跌撞撞。即使如此卻沒有之前害怕，感謝雨聲遮掩了幽靈的氣息。

漢斯趕往海邊。

這是今天第二次去海邊。懷念的氣味竄入鼻腔。

海意外寧靜，浪潮平穩。因爲沒有風。雨夜中的海洋一片黑暗，彷彿一摸就會讓那股漆黑染上周身。

漢斯跑到潮線附近，用力吹響笛子。

沒發生變化。

搞錯了嗎？

本來以爲這支笛子是賽蓮娜用來呼叫姐妹時使用的道具，但浪濤之間沒有人影——

就在此時，一顆小小的頭從海浪之間冒出。

來了！

是人魚。

「我是賽蓮娜小姐的使者！」

漢斯朝海邊大喊。他的聲音幾乎被雨聲與浪潮聲掩蓋。不過還是傳進人魚的耳中。

「你是漢斯小弟嗎？」

漢斯見到小小的頭朝他緩緩靠近。她是黑髮，彷彿與夜晚的海洋融爲一體。

她只有頭冒出海面，在海上載浮載沉。

「聽說姊姊受你照顧了。姊姊在哪裡？爲什麼笛子在你手上？」

「請問……妳是？」

「我是賽蓮娜姊姊的妹妹。」

賽蓮娜有兩個妹妹，小妹已經不在了。她應該是五妹。

生平第一次與人魚交談讓漢斯很感動。她們無庸置疑是海中的存在。漢斯以往在心中描繪的世界並非單純的妄想，而是擺在眼前的現實。

「老實說……我必須告訴妳們一件事……」

漢斯說明賽蓮娜被押送至拘留所的來龍去脈。

賽蓮娜的妹妹看起來並不震驚，僅是用宛如珍珠閃閃動人的雙眸回望著漢斯。

「我們原本也料想過會發生這種事。因爲消失的妹妹長得很像賽蓮娜姊姊。我們早就想到人類一定會懷疑到姊姊身上。」

「我們打算設法救出她。請各位再稍等一下。我一定會——」

「一定？你眞的救得出姊姊嗎？以人類的年齡來看，你還只是個孩子……」

「我發誓我會救出她。」

「眞的嗎。雖然我不信任人類，還是拜託你了。」她的嘴角陷入海中，噗嚕噗嚕地吐著泡沫。

「其實連像這樣與人類說話都觸犯禁忌。但情況危急，試著偷偷露臉。」

「謝謝妳。我想說必須通知妳們賽蓮娜小姐的事……」

「既然你是賽蓮娜姊姊託付笛子的對象，多多少少能信賴。」她將頭冒出水面窺視著漢斯。

「要是你救出了姊姊，能幫我轉告一聲嗎？告訴姊姊我們正在全力尋找她的心臟。請她一定要平安回來。」

「好的。」漢斯點頭。「心臟還沒找到嗎?」

「很遺憾。」

「啊,然後我有一個請求。」

「人類有請求?怎麼了?」

「我想請妳們把在離宮護城河找到的魔女匕首帶過來。」

「……為什麼?我不能把那麼危險的東西交給人類。」

「呃……不方便也沒關係……我只是想說或許破案時能派上用場……」

「好吧,我會跟其他人商量看看。」

「對了,海裡的人知道魔女死了嗎?」

「咦?」她驚訝到脖子一併暴露海面。「魔女死了?真的嗎?你怎麼會知道?」

「因為魔女的屍體被沖上這座沙灘。屍體被我們埋在附近。」

「真的嗎?魔女居然死了……」

「但她身上沒有賽蓮娜小姐的心臟。可能是被人偷了,或者沉進海底裡。請妳們幫賽蓮娜小姐找心臟。」

「我明白。」

她顯然不知所措。

雨打溼了她的前額。

「狀況遠比我們預期還糟糕。我也能理解賽蓮娜姊姊想依靠人類的心情。我不願想狀況就是依靠人類才會惡化……無論如何，請你明天晚上再獨自來到這裡。我們再跟你商量。」

她說完這些話便消失在海中。

漢斯一路跑回家，溼淋淋地鑽進被窩。身體冷得發抖。他爲賽蓮娜的安危祈禱，陷入夢鄉。

4

星期日的早晨到來。

剩下兩天。

雨勢毫無停歇，天空陷入更深的黑暗。整座城市陷入水中，連雨聲聽起來都變成了沉重的噴濺聲。

漢斯趕在母親起床前出了家門。

星期天有禮拜，不加緊腳步就會被迫陪母親上教堂。從小聽母親說禮拜的意義重大，聽到都快膩了，現在的漢斯卻有比禮拜更要緊的事。

漢斯趕往路德維希的住處。鎮上充滿掩蓋視線的溼氣，就像逐漸沉入水中。路上過橋時漢斯看了看奧登斯河，水多得幾乎要滿溢而出，河水也成了混濁的土色。

拜訪旅館，路德維希果然不在。原本還想在他上別的地方之前見他一面，但晚了一步。在這種關鍵時刻，他跑去做什麼了……

漢斯獲得老闆娘的准許，進入路德維希的房間。

架在房間四面牆各種大小的畫布上，在沒有重點的風景畫與平凡無奇的靜物畫中，有著漢斯與賽蓮娜。畫中的漢斯的確一臉憂鬱。賽蓮娜也失去笑容深鎖眉頭，但這種表情很像她。

漢斯坐上椅子，透過窗戶看著街上，等待路德維希歸來。

他把賽蓮娜的笛子放在窗邊，無意識地望著。現在賽蓮娜的笛子完全取代父親遺留的木偶，成了他的護身符。這是漢斯和分處不同世界的她們之間的羈絆，是她們存在的證據。凝視著這根笛子，就能確定自己的容身之處。

漢斯撿起路德維希散落在桌上的手稿。他用下巴撐著桌子並將上半身靠上去，茫然地看向手稿。

凶手究竟是誰？

爲什麼要殺害王子？

眞有辦法從這些手稿解讀出眞相嗎？完全說不準。

凶手眞的存在嗎——

沒有凶手？

漢斯突然冒出這個念頭。

有沒有可能事實上並沒有凶手？

克里斯蒂安王子是自殺……！

他爲何要自殺？這很顯而易見。因爲他失去美麗的侍女——人魚公主。王子或許是在她身亡才醒悟過來。

醒悟自己眞正愛的人是她。

王子當天因失去她而絕望地回到離宮。說不定他就是在這時候考慮自殺。然而自殺是宗教上的禁忌，因此他打算避人耳目地死去，而且是以自殺不會被揭穿的方式。正因如此，才會沒有人知道王子回來了。

王子從祕密通道悄悄溜進城堡，移動至有陽台的房間。時間應該是在換完床單的下午四點半以後。接著王子在室內某處固定魔女的匕首。爲了將自殺包裝成他殺，他必須讓匕首刺在自己的背上。比方說將刀柄固定夾在窗戶上。王子刺傷自己的背後拔下匕首，從陽台向外丟出匕首。接著他回到室內，在關上窗戶時斷了氣。

這麼一來就會變成路德維希畫中的狀況。

那麼魔女又是誰殺的呢？

魔女果然也是自殺的吧。

恐怕魔女與王子之間有某種關聯。就像路德維希說的一樣，王子可能是在不知道對方是魔女的情況下碰到魔女。魔女隱瞞身分偷偷接近王子。

魔女的目的應該是給王子的自殺推一把。她原先的目的應該就是致王子於死地。原本賽蓮娜的妹妹應該要完成這個任務，但化爲泡沫，計畫失敗。因此魔女親自出現在王子的面前，靠口才慫恿他尋死。說不定魔女告訴王子人魚公主的故事。對王子來說，那肯定是會讓他一時想不開的衝擊性眞相。

一如魔女的預期，王子自殺了。

魔女達成目的，因此追隨王子自殺——

不對，這樣根本搞不清楚魔女想做什麼。就算她的目的是殺害王子，爲何在事成後還得自我了斷不可？

「唔嗯……」

漢斯一個人喃喃自語，繼續鑽研這起案件。

這麼說來，聽說世界上存在著戀情無法實現而產生棄世之心，一起殉死的情侶。

王子與魔女就是這樣的人嗎？

「但既然如此，爲什麼要讓賽蓮娜小姐的妹妹殺害王子……」

漢斯撐起身子，想拿起桌上的紙張。

「啊，你別動。」

房間的出入口突然傳來聲音，漢斯回頭見到路德維希。他將折疊式的椅子放在門口，用鉛筆在筆記本上畫來畫去。

「你、你什麼時候回來的，路德維希先生？」

「從你開始自言自語時。」

「你怎麼都不說一聲啊？」

「誰教那畫面太適合入畫。」

路德維希闔上筆記本，拉了附近的椅子坐下。帽子、大衣與鞋子全都溼透了，看來他剛才待在戶外。仔細一看大衣的衣襬也弄髒了，還扯出裂縫。

「你去了哪裡？」

「調查很多事情。」

「關於命案的事嗎？」

「沒錯。我稍微模仿了一下那些偵探辦案。」

路德維希滿腦子都是偵探夢。

「那你有沒有什麼新發現？」

「有，潛入離宮比我想得還難。」

「呃、你該不會……」

「我差點被衛兵逮到，趕緊逃走。問題是圍繞離宮一圈的那條外護城河。那條河深到連大人都踩不到底，寬度有十公尺。靠游泳渡河太不切實際。穿衣渡河非常困難，要是渾身溼答答地潛入城堡，會四處留下自己的痕跡。」

「你實際嘗試過了？」

「不，我沒進護城河。不過反正我也被雨淋得溼答答，有沒有下河都沒差。我想說既然要入侵，就該想想看更聰明的手法。比方說划船或架一把長梯。就在我東想西想的時候，我與護城河對面的衛兵對上眼了。」

這種雨天的早晨護城河旁有形跡可疑的人物，衛兵當然會警戒。王子命案讓離宮的守備越來越森嚴。

「衛兵再怎麼稀少，果然還是可以排除案發當時有人從城外入侵的可能性。」路德維希用毛巾擦拭溼透的頭髮。「不過安徒生，你自言自語的殉情說，說到命中核心的點。」

「殉情……啊，你是說自殺嗎？」

「對，但王子應該不是自殺的。」

「是喔？」

「其實我剛開始也懷疑王子自殺，向發現屍體的傭人們打聽一番，問王子的手是否有沾上血跡。就算刺進背上的時候會使用物品固定匕首，拔出匕首丟棄的時候。還是只能親手進行。這個時候手應該會沾上血液。但聽說沒有。」

「原來如此……所以不是自殺的啊。」

「說起來你不覺得如果王子的目的是想包裝自殺，他其實不需要把凶器丟到外頭嗎？凶器會被丟掉，就表示發現凶器會對某人不利。也就是說有個刺殺王子的人存在。」

「那魔女是怎麼一回事？魔女也不是自殺嗎……」

「魔女應該是被某人殺害。」

聽見這句話，漢斯啞口無言。

賽蓮娜的心臟沒過多久就要停止跳動了。

越是著急，腦袋就越是無法正常思考。

「好啦，接下來我要再去一趟離宮看看。」

「咦！你這次真的會被抓啦！」

「不，這次我會按照規矩從正門進入。我要趁格林的名號還管用時確認一件事。」

「那我也……」

「不行。」路德維希靜靜搖頭。「你在離宮有前科。我可能也會被追究監護人的責任，這次我打算找藉口搪塞過去。」

「帶我一起過去吧！」

「安徒生，你等待我。我一定會找出答案。當賽蓮娜平安無事回來，你去迎接她。」

「可是……」

「我晚上就回來。在這之前你在此回顧整起案件。什麼事都行，把你想到的事都告訴我。我加進畫裡。」

「……好吧。」

漢斯不甘不願地答應。

到頭來一個孩子，一個小男孩，一個軟弱無力的人就連迎戰巨大謎團的資格都沒有。即使這麼做是爲了他珍愛的人。

「你又露出這種快哭出來的表情了。」路德維希起身，將帽子重新戴上。「讓今天成爲你最後一次露出這種表情的日子吧。」

路德維希頭也不回地離開房間。漢斯不發一語目送著他。他一定有什麼想法。儘管至今以來都以旁觀者自居，但目前面臨的案件，重大到甚至會危及他的立場。

一切的界線模糊起來。

或許這個世界正在巨大的搖籃中，迎向緩慢的崩潰。原本不該有交集的兩個世界，因爲一起命案相交起來。儘管多數人不曾注意，變化正在產生。比方說這場雨就像是聖經上記載的末日景象。漢斯不由得這麼認爲。

漢斯又成了孤單一人，也沒有該做的事，虛度起時間。

剩下的時間不到四十小時，他僅是明白單憑自己的力量，什麼也做不到。

有什麼——

有什麼事是他辦得到的嗎？

漢斯凝視著笛子。

有了，去海邊吧。賽蓮娜的姐妹或許帶來新情報。多多少少讓他寬心的情報……

漢斯離開旅館奔向海洋。

速度遠比漢斯快上許多的河緊鄰漢斯流過。他從來沒見到這條河如此洶湧。漢斯深深體會到這世界無疑發生不得了的事。

風吹雨打下終於來到沙灘。海洋彷彿從昨夜就不曾改變，黝黑異樣。沙灘上自然沒有人，甚至沒有任何人的足跡。要是世上的人全數消失，想必隨時能見到這樣的景象。

漢斯朝著海洋吹起笛子，滿懷著對奇蹟的盼望。

不久，海面上冒出一顆小小的頭。現身的人魚與昨天不同，是有栗色秀髮的人魚。她正大光明地在海面上飄盪，緩緩靠近漢斯。海上的浪濤不低，她卻絲毫不介意。

「你是漢斯小弟吧？」她的聲音清澈響亮。

「是的！」漢斯大聲回答。「妳是……？」

「我是賽蓮娜的姊姊，是長女。」人魚說。

六姊妹的長女與賽蓮娜外表不太相似，遠比賽蓮娜成熟。

「跟昨天不同的人魚嚇到你了嗎？我們按照輩分決定聯絡的順序。」

「啊……原來如此。」

「我們確認過賽蓮娜待在拘留所了。拘留所附近有條河，我們從河裡觀察，的確見到賽蓮娜被關進大牢裡。賽蓮娜眞是可憐……」

「有沒有辦法救出她？」

「可以的話我們也想。但我們是人魚，能做的事有限。我們姊妹決定請你幫忙。」

「要我幫忙……但我什麼也辦不到啊。」

「不，你一定有能做到的事。」

「什麼事？」

「我們把希望寄託在你這個人類身上。原本人類與人魚水火不容。但我們必須攜手合作克服這場危機。請你一定要幫助賽蓮娜。」

不須他人提醒，漢斯明白這個道理。

但該怎麼做……

「要是賽蓮娜扛著謀殺王子的罪名冤死，這將會成爲我們國家史上最大的瑕疵。小公主叛國一事與封鎖醜聞，再加上四公主殺人與在陸地惹事生非……這些問題有朝一日將會成爲掀起海底驚滔駭浪的把柄。」

「但就算妳跟我這麼說……我也不了解海底的局勢。」

「也是。但跟你這個人類並非毫無關聯。要是海底開戰——」

「這我明白！」漢斯蓋過她的聲音。「要是海底動亂，人類的土地也無法維持和平吧？賽蓮娜小姐這麼說過。但無論是妳們國家還是我們國家的問題，我都不是很了解。承擔不起，無能爲力。但是……想幫助賽蓮娜小姐。我如果連一個深陷困難的女孩子都無法幫助……我就沒有活下去的資格，世界上也不會有我能安身的地方。」

「沒這回事。」人魚公主柔聲回應。「就算賽蓮娜沒得救，你還是有活下去的資格。早在你獲得生命的那刻，你就有走完整趟人生的義務。這種義務就是你口中的資格。不管你是不是人類都一樣。所以請你別這麼說。」

「可是我不想……這樣無能爲力。」

「那就請你踏出充滿勇氣的第一步。」

「我眞的辦得到嗎……」

「漢斯先生，只有你辦得到。」她一口咬定。「注意聽接下來的話。請你和我們聯手救出賽蓮娜。儘管有些妹妹不樂意與人類合作，然而事態逐漸終結。首先要緊的是救出賽蓮娜。」

「要怎麼救？想要讓她從牢裡被放出來，就必須解開案件眞相說服約翰尼斯執政官……」

「我們要動用武力帶她回來。」人魚說。

「怎、怎麼一回事？」

「根據看守們的對話，明天下午四點，賽蓮娜會從拘留所暫時移送到離宮。抵達離宮大概是下午七點左右。目的是讓賽蓮娜在王子命案現場模擬。她會被關在離宮一個晚上。」

「那豈不就成了賽蓮娜小姐的最後一夜了嗎？等天亮之後……」

賽蓮娜的心臟就會停止跳動。

最後一夜竟然得獨自禁閉，這太殘酷了。

「這對我們來說是救出她的最後機會。要帶出被關在拘留所牢房裡的她並不容易，但離宮應該還有機會吧？再說拘留所附近的河雖然近，我們與建築物接近的距離依然有限。但是離宮的護城河就緊接在城堡旁邊，我們可以靠近。」

「或許是……」

「因此我們想請漢斯小弟幫個忙。」

「要做什麼？」

「請跟我們一起潛入離宮，帶回賽蓮娜。」

「潛、潛入？」

「我們會走護城河的水路幫助你進入離宮。等到成功入侵內護城河，就輪到你出場。請你救出被關在城堡內的賽蓮娜，再次回到護城河。我們會再次使用護城河的水路逃到外頭。」

她的口氣成功在望，然而漢斯只想像得到計畫失敗告終。

這計畫對人魚來說或許眞的不困難，因爲她們只要在水路來回。實際上她們過去也曾有闖關成功的紀錄。然而漢斯無法像人魚一樣在水中游，就算成功進入城堡，也不太可能找出並帶離賽蓮娜。

「把她帶出來以後……妳們要怎麼辦？這樣無法解決根本問題吧？要是沒找出王子命案的眞凶，賽蓮娜小姐也會變成泡沫……」

「與魔女的約定已經沒意義了。因爲魔女死了。」

「啊……也對……」

魔女提出「要是沒找到殺害克里斯蒂安王子的眞凶，就得化爲泡沫消失」的條件，或許在魔女死亡下，可視爲條件解除。若眞如此，至少不需要爲賽蓮娜變成泡沫而提心吊膽了。破案可以擺到後頭。儘管人魚們爲了小妹的名譽仍然背負著解開眞相的責任，她們判斷比起查案更該把賽蓮娜所剩不多的生命視爲優先。

「心臟現在還沒找到嗎？」

「目前我們正在全力尋找。我們一定會在時間截止前找出來。」

搶救賽蓮娜行動——眞的能順利達成嗎？

要是成功了，賽蓮娜就能變回人魚回到海中。雖然命案眞相五里霧中，但可以避免危機。

但之後呢？

如今魔女已死，沒有人能把人魚變成人類。也就是說人魚無法再來到人類世界。調查案件只能靠漢斯這些人類繼續進行。路德維希呢？他原本就只是過客，未必永遠待在奧登斯。

他又要被獨自留下了。

想到這點就覺得很可怕。

「請你明天凌晨再來到這裡。我們一起把賽蓮娜搶回來。」

漢斯儘管不知該如何是好，依然點頭答應。

要是自己微不足道的勇氣可以拯救任何人，漢斯絕不會猶豫。他應該這麼做。拯救賽蓮娜，拯救人魚，拯救人類。

但這麼做眞的就能解決事情嗎？

王子命案將會在未解的情況下落幕。

「漢斯小弟，爲了證明我們對你的信任，我把這個帶來了。」

長姊公主朝漢斯身邊丟出一個物體。

細長的物體轉了好幾圈才刺進沙灘中。那是一把外型令人作嘔的匕首，灰色刀鋒上施加如節肢動物的裝飾。

「這是離宮護城河底發現的魔女匕首。說不定能協助破案，就帶來了。請你查收。」

漢斯撿起魔女匕首。匕首遠比外表沉重，散發出不祥氣息。漢斯將匕首悄悄收進外衣。

「我們下次見。明天凌晨，請你別忘了。」

長姊公主從黑暗的海中消失。

只能放手一搏。沒時間了。

漢斯困在雨中，一次又一次地這麼說服自己。

5

路德維希傍晚才回到旅館。雨天的黃昏，小鎮漆黑得像被黑幕包圍。

漢斯向他展示魔女匕首，告訴路德維希人魚的提議。

「搶救行動啊……」路德維希露出罕見的陰沉表情抱著手臂。「我不敢苟同。勇氣與魯莽不同，兩者的差異在於理智與訊息量。你想嘗試的比較接近魯莽。首先你不知道賽蓮娜會被關在城堡的哪間房裡。走到那間房的過程中你得躲過幾名看守？賽蓮娜的身體狀況是否可以奔跑或行走？房間的鑰匙在哪？你幾乎什麼都不知道吧？」

漢斯無法反駁路德維希。他不知道人魚會在事前帶來多少情報，但他同意魯莽這個評論。

「比起這個，告訴約翰尼斯執政官案件眞相，主張賽蓮娜的清白有效率多了。」

「但我們還不知道眞凶身分吧？」

「不，其實我差不多都搞清楚了。」

「咦？你查出克里斯蒂安王子是誰殺的嗎？」

「是啊。今天我拜訪離宮，聽傭人說了幾件事，最後證明我的想法正確。不過還有一些不解之處。比方說魔女殺手與王子命案是否有關……」

路德維希邊說邊拿起魔女匕首。他久久來回端詳，接著在筆記本上素描起來。

「原來如此，是這麼一回事啊！」

路德維希興沖沖地邊動筆邊呢喃。

「你發現了什麼？」

「一件非常重要的事。」

「重要的事？」

「——這樣看來莫非……對了！不，可是……」

在一旁看著也能明白路德維希的腦中正有眾多畫面飛舞，剛冒出又隨即消逝。漢斯不發一語望著他。

「安徒生，你看看這個。」

路德維希似乎注意到不太高興的漢斯，他指向匕首的柄——握把底端的部分。

「魔女匕首是用魔女的肋骨製成的。但你看看這個握把的底端。可以看到從肋骨割下來的切面。可是這個切面與被沖到海灘上的魔女肋骨切面有顯著的不同。」

路德維希亮出自己畫的屍體圖。海邊屍體的肋骨是在彎曲面朝上時，由左上自右下斜斜切斷。相較之下匕首則是彎曲面朝上時，由右上自左下斜切。而且這把匕首的斜度也比較低。

兩邊的切口絕對無法吻合。

「這……到底是怎麼一回事？」

「如果魔女的匕首只能用左邊第十三根肋骨製作，切口對不起來很奇怪。看起來也沒有其他肋骨被切除。」

「這是表示……」

「製作這把匕首的魔女，與那具屍體的魔女不是同一個人。」

「什、什麼？」

「魔女至少有兩名。兩名魔女以自己的肋骨各作一把匕首。也就是說有兩把匕首。」

「沒想到眞的有兩把……」

「不，比起匕首有兩把，更重要的是魔女有兩名。我們原本以爲魔女只有一個，但要是不只一個，很多環節都得重新審視。」

魔女有兩名。

這起事件究竟跟魔女有什麼關聯？

「安徒生，這個案件遠比我預期得還要黑暗深沉，並且影響重大。重大到會危及這個世界的骨幹……」

漢斯無法指責他講話太過誇大。連他自己也感覺得出命案背後存在著一股巨大的壓力。

「搶救行動是在明天凌晨啊。你打算參加嗎，安徒生？」

被路德維希這麼一問，漢斯無法立刻回答。

「你要是拿不定主意，就來我這裡。明天凌晨來找我，我們一起去找約翰尼斯執政官。」

「那是三更半夜？在這種時間去找執政官，他也……」

「如果說能聽到王子命案的眞相，就算是睡迷糊的老先生也會清醒。」

「你已經弄清命案的眞相了嗎？」

「還沒，我還得幹點偵探的勾當。要破案還需要明天一整天調查。」

「有什麼我幫得上忙的事嗎？」

「有的。」路德維希微笑道。「你千萬別感冒。如今你的存在對我們人類與她們人魚來說都不可或缺。對今後的世界來說也是。」

「路德維希先生說話很誇張。我不可能那麼有份量。」

「人生會發生什麼事情很難說。你說不定以後會成爲名留青史的人物。不要自己拋棄這種可能性。」

漢斯無法產生實感，歪頭疑惑。

「好啦，今天天色都黑了，安徒生快回家。我要獨處一下回顧整起案件。下次見面，就是在美好結局的風景之中了。」

漢斯被路德維希趕出旅館。

可以的話，漢斯想與他多聊一點，思考自己該選擇的道路。然而到頭來他仍要漢斯自行選擇自己的路。

雨勢毫無停歇之意。下了這麼多雨的天空卻不曾缺水，是因爲降落在河川與海洋的雨水在自己見不到的地方又立刻攀升至天際。奧登斯鎭被封閉在循環的雨中牢籠。

漢斯仰望晦暗的天空回到家中。

6

星期一，賽蓮娜的心臟就要在這天停止跳動。

她的生命來到最後二十四小時。

漢斯這一天上了學。縱使平常這裡並不是能令他放鬆，唯獨這一天成了漢斯的避風港。或許是與超現實的世界接觸太過密集，心靈自然追求起現實。這天平凡無奇。入夜前什麼也不能作，不去學校也無法紓解心情。他實在沒有辦法獨自忍受一分一秒逼近的死亡。

回顧這種心情，他被迫面對自己的任性。

跟大家待在一起很寂寞，但獨處也寂寞。他只是以自己爲中心排遣這分寂寞，未曾理會過身邊因此被他耍得團團轉的人……

等到一切結束後，漢斯要認眞度日。

他不再逃避。

他無法永遠只當個孩子。

漢斯在學校的期間，總是望著那支笛子。

凌晨的約定。

該去找人魚還是找路德維希，他拿不定主意。

兩邊的目的都是拯救賽蓮娜，只是作法不太一樣。然而走錯一步，或許無法救出賽蓮娜而悲劇收場。而自己的選擇，說不定會讓兩邊的可能性化爲烏有。

他無法決定。

漢斯過去的人生總是在避免決定。面臨決斷時總是會逃之夭夭。

現在偏偏有如此重大的抉擇擺在面前要他選……

下午，漢斯離開學校。

雨勢變得更劇烈。不時傳來雷鳴，閃電劈亮城鎮。儘管這只是不足爲奇的自然現象，漢斯卻不由得認爲那是奧丁的憤怒落雷。彷彿時空扭曲，讓他見到了神話時代的遺址。

漢斯很自然走向路德維希的所在處，卻在路上止步。找路德維希就像是自己贊同他的邏輯性。漢斯當然信賴他的論述與推理。能在未來世代生存下去的，一定就是像他這種具備科學思考的人。然而自己不是完完全全的邏輯論者。畢竟他想拯救賽蓮娜的心情，完全無法以具邏輯性的語言解釋。

漢斯回到家稍事休息，以備晚上的行動。他昨天沒什麼睡。彷彿在夢境與現實的交界往來的迷濛朝他全身襲來，這大概是疲憊的裡由。

漢斯躺著，不知不覺落入夢鄉。

夜晚終於到來。

一切落幕的夜晚。

抑或是揭開序幕的夜晚。

漢斯決定了。

縱使再也無法回頭，他也不在乎。

他不會逃避也不會視而不見，他挺身面對。

7

漢斯走下沙灘，對著海洋吹起笛子。

離凌晨還有點早。

波濤洶湧，雷聲在遠處響起。海面彷彿四處起火，反射出亮晶晶的閃光。

不久，兩名人魚從黑壓壓的海中現身。

一是紅髮人魚，是之前賽蓮娜在這裡交談的對象。另一則有一頭奇異的淺藍色秀髮。那是夜晚海洋中唯一明亮的顏色。

「你就是漢斯？」紅髮人魚問。「比賽蓮娜還小啊。靠得住嗎？」

「比較小也好啊。這樣方便帶著走。」淺藍色頭髮的人魚接話。

「請問……是你們兩位要帶我去離宮嗎？」

「沒錯。你帶我走。」

「姊姊，是『我帶你』不是『你帶我』啦。這麼簡單的話，妳到底何時才記得起來啊？」

「我才不想管這些有的沒的。」

「對不起啊，人類。你聽不太懂我姊姊的話吧。」紅髮人魚對漢斯說。「我覺得不用自我介紹，但我們是共進退的對象，你該知道一些。我是三女，她是次女。」

「初、初次見面……」

「賽蓮娜按照預定被移送至離宮了。目前應該在城內某處。我們接下來會把你送到離宮的內護城河。請你從城堡內部帶出賽蓮娜，回到我們身邊。」

「我知道了。」漢斯下定決心說。「我會想辦法完成任務。」

「你辦得到嗎？我先說好，要是你失敗，一切都完了。就算你被逮住，我們也不會救你。知道嗎？」

「我知道。」

「我知道啊？」淺藍色頭髮的人魚說。

「姊姊，我就說妳把『我』跟『你』搞混了啦。算了，那漢斯，你過來吧。」

「衣服直接穿著？」

「我可不想看你裸體。快進海裡。雨這麼大，待在地上跟水中也沒差吧。」

「好、好的。」

漢斯進入驚濤駭浪的海中。要是沒有人魚，這無疑是自殺。漢斯雖然有戲水的經驗，泳技卻是略懂皮毛。

海水比他想像得還要溫暖。轉眼間便感覺到衣服吸收水分變得沉重。

「話說在前頭，我們游得很快。我會定期浮出水面，你把握機會換氣。在那之外的時間，你要停止呼吸閉上眼睛。」

「請問……我該抓哪裡……」

「啊？我可不會讓人類碰我的身體。我來抓住你。」

「呃，所以到底是碰還不碰？」

「姊姊妳別再說了。」

紅髮人魚抓住漢斯的領口，猛然將他拖進海中。漢斯很輕，但她在海中的力量驚人。潛行一段時間，她們浮出海面。漢斯緊接著呼吸。

「就是這樣。那我要加速了。」

另一名人魚也抓住漢斯的領口，兩人合力在海中疾馳。人類游起泳來，果然無法與人魚運用尾鰭游動的速度相提並論。被抓住領口的漢斯彷彿遭人絞首，在海底拖行向前。反正也無法呼吸，脖子被揪得緊一點也沒有大礙，但人魚的速度快得讓他分不清上下與目前深度。

漢斯心一橫張開雙眼。

眼前是前所未見的景緻。夜中奇形怪狀的魚來勢洶洶地冒出，又旋即流逝。從冒著泡沫的黑色液體底部，以鄙夷的眼神看著漢斯一行人的，是外貌凶惡的鱘魚。而海的四面八方都有雷光閃現，水母呼應著落雷散發光芒，彷彿海中點著無數的油燈。

「不換氣會沒命喔。」

聽見紅髮人魚的聲音，漢斯吸了口氣。

不久，流經身側的水質改變，她們游到了河口。

漢斯感覺到閉氣越來越痛苦，疑惑這是否眞的是自己該選擇的路。閉上眼睛，就會浮現路德維希的臉孔。他現在是否正在等待自己？

「喂，漢斯！」

聽見叫聲，漢斯四下張望尋找叫他的人。他這才發現自己的頭已浮上水面，可以呼吸了。

「別發呆。接下來要進入與護城河相連的水路，你不要亂動。一個不小心會弄得渾身傷。」

「已、已經來到這麼遠的地方了？」

「很快吧。現在起我們要從外護城河一口氣朝內護城河前進。斷斷續續浮上水面會被抓包。你可以停止呼吸一分鐘嗎？」

「我不確定我行不行。」

「你試試看。你辦不辦得到，等一下就知道了。我數到三就閉氣。一、二、三——」

漢斯聽從指示屏息，閉上眼睛數了起來。

流經周圍的水聲又悶又模糊。應該是移動到水路裡了。漢斯將手臂抱在胸前盡可能地靜止不動。

從四十五數到四十六的時候，他感覺自己再次浮上水面。

漢斯飢渴地吸入空氣。

「做得好。跟姊姊一起游果然很快。」

「是啊，很厲害吧。多稱讚我一點。」

漢斯意識朦朧地聽著兩人的對話。聽起來已經抵達了離宮的內護城河。然而朝頭上一望，卻有像是屋頂的東西，也沒有雨落到臉上。

「漢斯，你醒醒啊。」

「我醒著……這裡是？」

「是目的地。我們在內護城河那條橋的正下方。待在這裡不容易被人類發現。」

原來這裡是吊橋的正下方。漢斯終於開始了解目前自己身處的狀況。

「接下來就是你的任務了。把賽蓮娜帶回來。」

「好的。」漢斯打著水飄向內護城河的邊緣。「啊，對，找到賽蓮娜小姐的心臟了？」

「呃，嗯……」

紅髮人魚模稜兩可點點頭。

「那個還沒找到啦。」

淺藍色頭髮的人魚說。

「姊姊，妳幹麼說出去啦！」

「就還沒找到啊。」

「假裝已經找到了，這個人才會更有幹勁啊。」

「我現在就有幹勁。我一定會把賽蓮娜小姐帶出來，請妳們等著我。」漢斯說。

「雖然我不相信你，還是拜託你了。」

漢斯點點頭，戒備著周圍，從護城河爬上岸。

幾天前才見過的地方讓他非常懷念。當時賽蓮娜也在身邊。他必須再次與賽蓮娜回到這裡。沒見到衛兵的蹤影。考慮目前時間也很合理。激烈的雨聲消除漢斯的腳步聲。四周一片黑暗，他靠著落雷時不時在暗夜中製造的光影朝城堡逐步接近。

後門近在眼前。

漢斯抓起門把，但上了鎖。

果然不如想像中順利。該從哪裡潛入城堡？打破窗戶嗎？然而莽撞潛入後在裡頭迷路更是危險。漢斯想盡量從接近賽蓮娜所在處的窗戶摸進城。

賽蓮娜在哪裡……

回過神來，漢斯發現自己正握著口袋裡的笛子。只要吹響笛子，賽蓮娜應該就會注意到自己，但衛兵可能會同時察覺。

是否該賭一把吹吹看？

都來到城前了，漢斯早就有身陷危險的覺悟。

漢斯將笛子放在嘴上。

他深深吸了一口氣——

還是放棄了。

這就叫魯莽。

動動腦筋吧。

說起來賽蓮娜真的待在笛聲傳得到的地方嗎？

賽蓮娜慘遭幽禁，恐怕不是待在普通的房間裡。至少不會是面向建築外側有窗戶的房間。

那麼她會被關在哪裡？應該是關在難以逃脫的地方。是什麼樣的地方？

比方說地下室——

離宮原本是以古老城寨爲基礎改建。說不定還保留著類似地下監獄的空間。

然而要前往地下，還是得使用城堡裡頭的樓梯。必須設法入城……

漢斯注意人的動靜，沿著建築物移動。僅有二、三樓能見到一、兩扇透出燈光的窗，其他都是一片黑暗。比想像中還方便行動。今夜是個宛如暴風雨的夜，非常適合入侵。

從後門走了大約百步，漢斯在建築物的轉角處見到奇特的東西。建築物牆壁連接地面的部分，開了一個長方形的小洞。上頭鑲著鐵網，吹進裡頭的風嗚嗚作響。

漢斯覺得可疑，朝裡頭望。

一片漆黑什麼也看不清楚。

說時遲那時快，雷聲在漢斯頭上轟隆隆響起，閃光在一瞬之間照亮了鐵網的另一端。

鐵網的另一端有間像是坑洞的房間。漢斯看到在半地下的巢穴設置的小型採光窗。從室內看來，這扇窗應該是設置在接近天花板的位置。

雷聲再次響起。

被照亮的房間底部，有個熟悉的身影。身影與她從前昏倒在沙灘上時呈現相同形狀。

是賽蓮娜。

「賽蓮娜小姐！是我！我是漢斯！」

漢斯興奮地衝向鐵網，朝室內呼喊。

身處洞穴底端的賽蓮娜動起來。

她還好。

「賽蓮娜小姐！」

「……漢斯？」

賽蓮娜從洞穴底邊仰望窗戶。

「對，我是漢斯。我來救賽蓮娜小姐了。」

「你到底是怎麼——」賽蓮娜搖搖晃晃地起身，對著窗戶伸直脊背。「啊，你用了笛子嗎。姊姊她們願意接納你啊……太好了。」

「是的，妳的兩位姊姊把我送來這裡。」

「漢斯……」

賽蓮娜奮力掂高身子，指尖搆上窗戶鐵網的縫隙。

漢斯觸摸她的指尖。如死屍般蒼白的手指沾上了骯髒的泥土。

「這裡警備很寬鬆，他們沒派多少大人監視我這個小朋友。幸好我看起來是個孩子。」

「妳能離開這間房間嗎？」

「不行，門從外面閂起來了，我沒辦法。」

賽蓮娜的聲音一度遠離，似乎是去查看門的狀況。

「漢斯，你能不能幫我找來細長的鐵絲？門閂是將木栓子向下塞進金屬凹槽的類型。只要透過門上的監視窗動手將栓子拉起來，應該就能開鎖了。」

「鐵絲……」

漢斯想起來了。

父親在製作遺物的木偶時，把鐵絲塞在裡頭當原型——

漢斯翻找口袋。

有了，他還待在身上。

漢斯猶豫了幾秒，接著開始分解木偶。不久，充當木偶身體骨架的鐵絲出現了。

漢斯將形同人偶內臟的鐵絲抽出來，彎成細長的形狀，隔著鐵網遞給賽蓮娜。

「漢斯，你眞是準備周到。」

「這要感謝我爸爸。」

「這好像太細了，我不確定撐不撐得住……」

賽蓮娜趴在門上，開始操作鐵絲。

「怎麼樣？」

「看來沒問題。門動了。」

隨後叩囉一聲，耳邊傳來重物掉落在地的聲音。就連身在城外的漢斯都聽見了。

漢斯與賽蓮娜同時縮起脖子，祈禱聲音不會引起風波。

似乎沒有任何人靠近的動靜。

「漢斯，門開了。」

「妳能逃到城外嗎？」

「我從一樓房間的窗戶爬出去，你等等我。」

「好！」

賽蓮娜離開牢房。

漢斯離開鐵網，移動到牆上有一排排窗戶的地方。賽蓮娜應該會從其中一扇窗中逃出。

等了一陣子，賽蓮娜蒼白的臉龐從其中一扇窗冒出。看來開鎖有點費事。漢斯心急如焚地隔著窗戶守望著她。落雷再度閃現光輝的那瞬間，賽蓮娜歡喜的臉浮現在黑夜之中。

接著在震耳欲聾的雷鳴掩護下，窗戶大剌剌地敞開。

「賽蓮娜小姐！」

賽蓮娜伸出手，將手心疊上漢斯伸出的掌心。

「漢斯……謝謝你。」

賽蓮娜像是被緊握的手牽引似地跳出窗外。

「幸好我相信了你！」

「妳有沒有受傷？走吧，妳的姊姊們在等妳。」

漢斯牽著賽蓮娜的手，就要溜之大吉。

此時，一道類似閃電的光芒在賽蓮娜背後亮起。

有人開了這房間的燈。

一臉嚴峻的約翰尼斯就站在房內。

「妳……到底是怎麼逃出來的？那邊那小鬼是當時的……！」

「漢斯！快吹笛子！」賽蓮娜大叫！

漢斯迅速將笛子拿出口袋，比平常更用力吹響。

接下來只要跳進內護城河，人魚就會把他們帶往離宮外。

再走幾步就到內護城河了。

漢斯拔腿準備狂奔。然而賽蓮娜卻抓住他的手臂阻止他。

「漢斯，你看上面。」

照著她的話看向頭上，站在窗邊握著槍的衛兵映入眼簾。雷光閃現，視線在瞬間泛白，不知何時窗邊的衛兵增加成三名。

猛然回神，他發現約翰尼斯的背後也站著衛兵。彷彿每次打雷，衛兵都會變多。

只要跳進護城河裡——

漢斯做好被槍擊的覺悟，拉扯賽蓮娜的手臂。然而他的腿背叛了他的心，不肯動彈。

「給我乖乖就逮，臭小鬼。」

約翰尼斯朝他們走進。

漢斯認清了自己的極限。

無能爲力。

這莫非就是軟弱無力之人的下場？

8

「好，快把這些小鬼抓起來。這些傢伙肯定知道王子暗殺的內情。」

在約翰尼斯一聲命令下，漢斯與賽蓮娜被衛兵束縛，押送至城堡正門玄關。

漢斯緊咬牙根。

在天亮前沒剩多少時間了。

他沒空在這裡磨磨蹭蹭。必須盡快奪回賽蓮娜的心臟。

衛兵打開正門玄關的門，打算將兩人帶進大廳。

但在見到大廳古怪的景象後，在場所有成員全都忍不住停下腳步。

「嗨，各位辛苦了。」

有個人在大廳中央搭起畫架放上畫布，坐在折疊式的椅子上作畫。

他戴著黑漆漆的帽子，穿著黑漆漆的雙排扣大衣——

「路德維希先生！」

漢斯不禁大叫。

路德維希從椅子上起身，調整帽子的位置，緩緩走進漢斯一行人。

「安徒生，你果然選擇救賽蓮娜。」

「對不起……我……我……」

「沒關係，早就猜到你這麼做。」路德維希笑著。「托你的福，我有時間畫圖。」

「你這傢伙在這邊搞什麼鬼？」賽蓮娜咬牙切齒道。

「一如妳所見，我在畫圖……」

此時約翰尼斯從打開的門後現身。他走城堡裡頭的路來到大廳。

「你、你們是怎麼了？格林先生？你這又是在做什麼？」

「是時候該公布讓各位傷透腦筋的克里斯蒂安王子命案眞相了。」

「你說什麼？怎麼一回事？」

「請你冷靜冷靜。對了，衛兵小哥，借一下槍。」

路德維希輕輕拿起眼前衛兵揹著的槍，毫無預警地朝上方扣下扳機。

清晰的槍聲迴盪，轉眼間四周充滿了硝煙味。

「格林先生，這裡是皇族居住的離宮。不得無禮！」

「剛才的槍聲是怎麼回事？」

腓特烈第三位王子走下樓梯。他穿著睡衣，因剛才的槍聲察覺有異而下樓。

路薏絲太子妃在後頭現身。她也穿著睡衣，臉孔散發死的氣息，彷彿剛從棺槨中甦醒。

其他傭人們好奇地在大廳聚集。路德維希開槍是要盡快召集所有人。

「好了，非常感謝各位聚集於此。」路德維希行了一個貴族風的禮。「從現在起，由我德意志邦聯出身的旅行畫家，以及自在悠遊繪畫世界的偵探路德維希·埃彌兒·格林，來爲各位解釋半年前發生在離宮的克里斯蒂安王子命案眞相。」

「你終於查清一切了啊！」

漢斯感激地高呼。抓住漢斯的衛兵被眼前發生的事嚇傻了，完全忘了束縛他。聚在大廳裡的人跟衛兵相同表情。

「王子命案的眞相？」約翰尼斯執政官拉高聲音。

「你別胡說八道。這起案件我們還在調查當中。正好出現可疑的小鬼……」

「很遺憾他們與此案無關。不對，那邊那位賽蓮娜說不上毫不相干，但至少她沒有涉及王子命案。」

「到底是誰殺了皇兄？」

腓特烈王子逼近路德維希。他很尊敬路德維希，展現出懇求他別讓自己幻滅的態度。

「莫非你要說那名消失的年輕侍女？」

「各位也知道那位女性在案發前兩天就從船上跳海了吧？請各位別再歸罪於她、忽視命案的本質。幽靈是不會刺殺人類的。」

「既然如此，凶手是誰？」

「我按照順序解說。王子命案到底有何玄機——」

路德維希戲劇化地攤開雙手，像演員一樣在大廳正中央從容行動。人人都被他製造出的獨特氣氛懾服。

「案發當天克里斯蒂安王子在早上十點左右外出。請我們之中見到王子外出的人舉手。」

不知何時在大廳露面的園丁拉森、幾名傭人以及路薏絲戰戰兢兢舉起手。

「看來王子的確外出過。我反過來問，請見到王子返回離宮的人舉手。」

大廳鴉雀無聲。

沒人舉手。

「沒錯，沒有人知道王子何時回來。可惜當時似乎沒有守門人，因此無人能確認王子返家。我們以這一點爲前提繼續。」

路德維希彷彿自己跟自己握手似地雙手合抱，緩緩橫越大廳。

「克里斯蒂安王子平常進出的後門，在那天進行地毯更換工程，至少在下午五點之前都處於監視狀態。地毯工人也宣稱沒見到王子回宮。」

「也就是說皇兄是在五點之後回宮，是吧？」腓特烈王子說。

「然而後門在五點之後就上鎖了。對吧？」

聽見路德維希的問問題，幾名衛兵點頭同意。

「那麼皇兄究竟幾點回到那房間……」

「對，這就是第一個問題，也是這起命案最重要的點。」路德維希舉起食指。

「接著還有其他問題。凶手何時接近王子刺殺他？」

「當然是在克里斯蒂安王子回宮後才接近他行刺吧？」約翰尼斯的口氣猶如質問。

「具體來說是幾點左右？假設是五點以後。然而凶手是從哪裡入侵王子所在的房間？從後門嗎？但後門已被封鎖，這就不可能。正門玄關？那裡有衛兵監視，可能性也不高……」

「若是起初就待在城堡裡的人，就不需要考慮進出的可能性了吧？」腓特烈王子說。

「您說得對。因此凶手可以想成是內部人士，大家同意嗎？」

有幾個人緊張地嚥嚥口水，但沒有人反駁。

「順便一提從現場狀況來看，王子自殺的可能性不大。殺害王子的人確實在這座離宮。」

「莫名其妙。」約翰尼斯一笑置之。「你要是繼續胡言亂語下去，就算你是格林先生，我也不能縱容了。」

「不勞你費心。說完這些，我就乖乖打道回府。」路德維希聳肩。「那麼速戰速決，我來將上述兩個問題整理成一個。

「第一個問題，被害者克里斯蒂安王子何時回到離宮？

「第二個問題，凶手是何時下手？」

「然後呢？快說下去。」約翰尼斯心急催促。

「我們先來思考第二個問題。凶手何時下手？這個問題我們可以獲得一個明確的答案。那就是『王子回來以後』。王子單獨外出，因此可以排除凶手在陪同時下手，或是追上王子再下手。實際上也沒有人追著王子出宮吧？到頭來要是王子不回宮，就無法刺殺他。」

「我聽起來怎麼都是些可想而知的事？」約翰尼斯酸溜溜地說。

路德維希無視他，繼續下去。

「在此我們終於可以回到第一個問題：克里斯蒂安王子何時回到離宮？」

「不就是跟剛才說得一樣，在地毯工人離開以後嗎？既然他從後門進宮，也只有這個可能性了。雖然說後門鎖起來了，叫人過來開門不就得了？」

「有人幫王子開過門的話請舉手。」

路德維希問。大廳依然無人出聲。

「唔唔……那麼王子到底是在何時返回離宮?」

「在此我想到一個再合理不過的答案。也就是——『王子沒回宮』。」

「啥?」約翰尼斯的額頭冒出青筋，開始大發雷霆。「格林先生，我眞不懂你在說什麼鬼話。王子千眞萬確是在有陽台的房間過世。正是因爲他回到離宮，才會死在那個房間。說起來你剛才說過凶案是在『王子回來以後』才發生的。你這明顯是自相矛盾啊。」

「不，王子的確走過石橋穿過大門，回到了離宮境內。他從離宮外出，返回離宮是理所當然。然而在這之後，『王子卻沒回宮』。因爲沒有人見到王子走進城堡。從當時的狀況判斷，王子要是進了城，理當會有人注意到。地毯工人、或是鎖起後門的衛兵、或是正面玄關站崗的警衛……沒有人見到王子。我合理推論王子沒回到城堡裡。」

「太費解了!我怎麼想都是格林先生在信口開河。那你說說看爲什麼王子的屍體會出現在那個房間?」

「啊——」漢斯靈機一動。「該不會……屍體是從外面運進城內的?」

「你答對了，安徒生!」路德維希興高采烈指著漢斯。「從以上的根據來推論，克里斯蒂安王子是在離宮境內遇刺後，被搬運進城堡裡。」

「這怎麼可能！」腓特烈王子緊接著反駁。「你想想看，就算是靠我們男性的體力，把皇兄的屍體搬進有陽台的那間房間實屬困難。不對，追根究柢……你到底認爲是誰在何時從何地把屍體搬進宮裡？後門在五點前卡著人。而五點以後每個人都行蹤明確，沒有形跡可疑的人。搬運屍體豈不是不可能嗎？」

「沒錯。這正是第三個問題，通往眞相的最後一個問題。這個問題也就是：王子的屍體是怎麼進城的？」

「唔唔……你別賣關子了。」約翰尼斯的眉毛皺成奇怪的形狀。

「如你所願。那麼首先我們必須釐清王子是在何處遇害。王子回到離宮卻沒進入城堡，也就是說他是在這中間遇害。而——拉森先生，我記得你見到王子的馬停在馬廄裡吧？」

「是、是啊。那是在五點過後……」園丁拉森點頭承認。

「我們可以視王子在下馬後遇害。凶手要鎖定騎馬中的王子的背實在太過困難。案發現場可以斷定爲馬廄附近。」

「馬廄啊……但是馬廄位於出後門過橋後的不遠處。這麼短的距離內，怎麼就給皇兄碰上了凶手？」

「不對，我們應該這麼想。是凶手在等著王子回來——」

「等他回來？這是爲何？你的意思是說此人爲了行凶埋伏嗎？」

「不對，我想一開始凶手只是純粹要迎接王子。然而實際見面交談後卻萌生了殺意。於是這個人就在王子朝吊橋邁開步伐時，在他的背上刺了一刀……」

路德維希說得歷歷在目。實際上他的確能靠傳聞與想像，畫出極爲接近現實的畫作。

「請等一下，你說迎接王子……這聽起來豈不就是……」腓特烈王子一臉不知所措，視線游移起來。而他的目光最後定在某個人身上。

就像是配合著他的視線，大廳裡人人的視線開始集中到她身上。

漢斯也轉向她宛如重病般瑟瑟發抖的身影。

路薏絲太子妃。

「路薏絲小姐，妳在下午四點左右走出後門，跑去查看馬廄吧。地毯工人也作證了。妳當時主張自己擔心晚歸的王子跑去查看。」

「是、是的……」臉色慘白的路薏絲微微抽動嘴角回答。

「聽說妳主張當時王子尚未回宮。但實際上王子應該剛好回來吧？」

「不、不是的……沒這回事……」

「妳在碰面交談的過程中，下手殺害了王子對吧？」

「我沒有……」

「路薏絲小姐，妳就是殺害克里斯蒂安王子的眞凶吧？」

「格林先生，不得對太子妃無禮！」約翰尼斯按捺不住插嘴。

「我要是在此停止逼問，這才是對已故的克里斯蒂安王子的冒犯。您說呢？」

約翰尼斯執政官不再出聲。

「但格林先生，你的話有很多漏洞。」腓特烈王子發言。「就算路薏絲小姐在四點左右與皇兄在馬廄見過面，但她仍然不會是凶手，不可能是。」

「爲什麼？」

「她要是當場殺害了皇兄……又該拿皇兄的屍體怎麼辦？皇兄的屍體是在二樓有陽台的房間發現的。格林先生你說凶手把屍體搬到那邊，可是你眞的認爲路薏絲有辦法搬屍體嗎？」

「就、就是說啊。」約翰尼斯附和。「路薏絲太子妃回到後門的時候當然沒拖著屍體。她要是這麼做，工人一定會發現。說起來她那孱弱的手臂根本不可能扛起王子的屍體！」

「要她扛著屍體運到二樓的確強人所難。然而運用某項工具，就能達成這個任務。」

「某項工具……？」

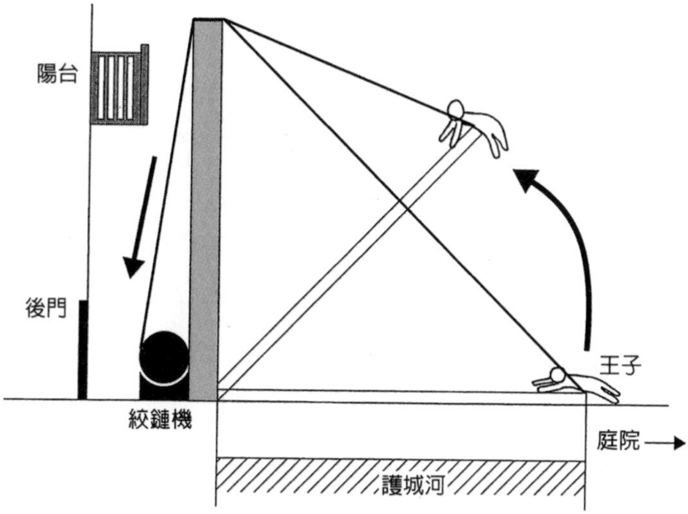

「就是——」路德維希從大衣口袋拿出一張紙。「這個。」

上頭畫著架在內護城河上的吊橋。

「吊橋……？」

「路薏絲小姐利用這個裝置把屍體送到有陽台的房間。」

路德維希邊說邊拿出其他紙張。

「大家聽好，首先要讓王子的屍體躺在吊橋的頂端，正好是吊橋被拉起來的那側。但爲了防止屍體掉落，必須先讓屍體的中心點靠在橋的尖端上。接著啓動這座吊橋，將它緩緩向上拉，屍體就會被橋的上緣勾住，被拉抬至空中。最後只要將吊橋拉到九十度的位置，屍體前方便是陽台。橋的長度與陽台差不多。接著只要去陽台把屍體拉進房內即可。」

漢斯很佩服路德維希的解說。他完全沒想過那座吊橋會被用來移動屍體。

「這種事真有可能？」

約翰尼斯不由得吃了一驚。

「使用吊橋的鉸鏈不需要多大的力氣。聽說連小孩子都拉得起來。路薏絲小姐用得了。」

漢斯想起自己曾親手捲動過吊橋的鉸鏈。的確連孩子都捲得起。

「但是……把屍體拖進房間的期間，吊橋不是會維持升起來的狀態嗎？這樣可能會被別人目擊啊。尤其吊橋就緊接在後門的外頭。地毯工人與衛兵要是經過，馬上就會穿幫了。」約翰尼斯說。

「沒錯，因此她反過來利用這些人。」

「什麼意思？」

「她要求工人與衛兵檢查新地毯有沒有問題，讓這些人無法離開後門大廳。只要吩咐他們用心檢查鋪設的品質，就能爭取時間。實際上他們鋪好地毯，還花三十分鐘左右調整。」

「喂，衛兵。命令你們檢查地毯的人是誰？」

約翰尼斯這麼一問，一名衛兵小聲開口。

「是路薏絲太子妃。」

致命性的證詞。

大廳裡人們的眼神，瞬間轉成懷疑。

「但我們不能因爲這點就一口咬定凶手是誰。下令檢查新換的地毯很正常。」腓特烈王子說。「再說……我記得四點半左右，傭人也去有陽台的房間換過床單。這個人證實當時沒有異狀。既然沒有任何古怪，皇兄的屍體就是在那之後才搬進房裡的。且有其他證詞指出這個時候路薏絲小姐正在與侍從編織。」

「那麼我就來按照順序說明路薏絲小姐的行動吧。」

路德維希將手上的紙張按照順序在地上排好。上頭畫著嬌弱女性行凶的一連串過程。

「首先路薏絲小姐在早上十點目送離開寢室出門的克里斯蒂安王子。我不確定王子是否向路薏絲小姐告知過目的地與用意。接著到下午四點，擔心王子晚歸的路薏絲小姐出了後門到馬廄。她在那裡與王子相會。」

路德維希悄悄瞥了一眼路薏絲的臉色。女子一臉死白彷彿隨時會昏倒。

「不知道他們當時談了什麼，反正路薏絲小姐失手殺了王子。然而她不能把王子的屍體丟在原地。畢竟剛才她走出後門時，鋪地毯工人見到了她的身影。只要王子的屍體在馬廄附近被發現，嫌疑肯定會落到她頭上。於是路薏絲小姐想到要用吊橋移動屍體。」

路德維希配上方才說明過的圖解。

「路薏絲小姐升起吊橋後從後門入城，對地毯工人與衛兵下了瑣碎的要求。這是爲了把他們留在原地，不讓他們出城。接著路薏絲小姐火速趕往二樓的房間，把屍體拖進陽台。然後她回到室內關上窗戶拉上窗簾，拜託附近的傭人幫這間房間換床單。」

「屍體就在陽台，還請傭人換床單？」腓特烈王子失聲叫道。

「她已料想到傭人單純換床單不會多事查看陽台。隨後路薏絲小姐回到一樓，隨便找了一間房從窗戶爬出城外，將吊橋復原。要是從後門進出會被地毯工人發現，因此她使用窗戶進出。從窗戶進城後，她回到換好床單的房間。接著她把床單弄出有人睡過的模樣，再把屍體拖回室內。以她的力氣來看，拖進窗裡大概就精疲力竭了。等這項工程結束，她立刻找侍從在自己房間開始編織。她算準在屍體發現前要是跟其他人待在一起，就不容易遭懷疑。」

路德維希推理完畢。

所有人的視線緊盯著路薏絲。

豈料她突然拔腿衝向衛兵搶走他的槍，飛奔出大廳。

「路薏絲小姐！」

腓特烈王子首先反應過來。

接著路德維希與漢思一行人跟上前。

路薏絲在黑漆漆的雨中遠去的身影猶如幽魂。

她站上架在內護城河的橋端，將燧發式手槍抵在自己的太陽穴上。

「請妳住手！別做傻事啊！路薏絲小姐！」

腓特烈王子的吼叫在耳邊迴盪。

路薏絲面對眾人，嘴邊浮現慘笑。接著她扣下扳機——

一瞬間，內護城河的水面冒出四條纖細的手臂，抓住她的腳，轉眼間拖進水中。

槍聲沒有響起，手槍掉落在橋上的聲音夾雜在激烈雨聲中，殘留在漢斯等人耳際。

事情太突然，大家來不及回神。

離宮的人們愣愣地望著眼前光景。

9

漢斯、賽蓮娜與路德維希三人衝出離宮，沿著河狂奔。不久，見到追尋的人被沖上河岸。

「路薏絲小姐！」

路薏絲躺在被雨水浸濕的草叢裡，模樣宛如魂斷河中的美女。白色睡衣的衣擺浸在河中，彷彿隨時帶著她沖往下游。

「姊姊，妳們在嗎？」

賽蓮娜對著宛如黑炭的夜河呼喊。但她的姊姊並未現身。

「還有氣，不要緊。」

路德維希抱起路薏絲。

路薏絲發出呻吟，勉強還有意識。

「路薏絲小姐，妳爲什麼要做傻事？」漢斯蹲在她的身邊問。

「讓我……死了吧……」

「不可以，請妳活下去。只要贖罪，總有一天能獲得原諒。這是人家教導我的，連小孩子都懂的道理。妳一定也懂……」

「我……害死了我最愛的人……親手殺了他……」

路薏絲望著自己發抖不已的掌心。

「我怎麼會……做出這種事……」

「妳跟克里斯蒂安王子之間到底發生了什麼事？」路德維希問。

「他愛的……是那個女人。那個……不會說話的侍女……他從那天起，一直在尋找失蹤的侍女……彷彿我不存在這個世界上……一直在找那女人……」

那女人應該就是指賽蓮娜的妹妹。

路薏絲以爲王子對自己沒有愛意，才會痛下殺手。漢斯不確定這是否該稱作嫉妒，他覺得這可能是更複雜的感情。

王子眞的愛著賽蓮娜的妹妹——人魚公主嗎？

藉由結婚這個儀式獲得王子之愛的人，不就是路薏絲嗎？

他們的愛本來不該受到任何人譴責。爲何導致這樣的悲劇？

人魚公主變成了泡沫。

王子遇害。

瘦弱的太子妃受困於心魔。

「看來兩人之間曾爲了她產生爭執。殺人不可饒恕，但她憔悴瘦削，想必始終爲了半年前的錯誤困擾。」

路德維希抱起路薏絲。外表並不強壯的路德維希，都能輕易抱起她。

「先帶人回離宮吧。稍微休息一下再繼續……」

「我不想回到那個地方……拜託你……拜託……」

路薏絲的語氣變得強硬。

「好吧，我帶妳回旅館。」

「謝謝你……眞的謝謝你……」

雷聲在遠方的天空響起。儘管夜晚的積雨雲不見消散，但最慘烈的風暴已過。

「我問妳。」賽蓮娜靠近路薏絲的臉向她問話。「刺殺王子的凶器妳怎麼處理？」

「我丟進護城河裡……我很害怕……」

「妳從哪裡弄來凶器？」

「當我走在城裡……有個不認識的老奶奶找我攀談……她說那是可以實現願望的道具，我衝動買下來了……她告訴我把東西帶在身上就會有好運……」

路薏絲在裙子裡裝了布袋，將匕首裝在裡頭。這個舉動在半年前案發時讓她衝動行凶。

「妳什麼時候買的？」

「與克里斯蒂安訂婚時。之後……我在鎭上見到老奶奶好幾次。她每次都會叮嚀我，遇到問題時就雙手握住施咒的道具……祈禱心願實現……我當時只是照著她的話……」

魔女把凶器賣給路薏絲，催眠般慫恿她使用匕首。

這是爲了什麼？

路德維希推論魔女的目的是殺死王子。若眞是如此，路薏絲殺害王子時，魔女的目的達成。王子的死究竟能爲魔女帶來什麼利益？

「對了，賽蓮娜妳找回心臟了嗎？」路德維希問。

對了，沒時間了！

天亮後賽蓮娜的心臟就要停止跳動了。

「賽蓮娜的姊姊們正在拚命尋找心臟。」

「我不在乎了。既然王子命案的眞相順利解開，使命就結束了。沒有遺憾。」

「不要放棄！妳一定會得救。請妳相信姊姊們。」

「漢斯，很高興你來救我。我能欣賞人類了。比起死前對人類依然不改仇視，這麼一來可以比較美麗的靈魂死亡。」

「請妳不要說這種話……還有時間……」漢斯強忍著淚水。

「賽蓮娜，妳索取變成人類的藥品時，有沒有注意到魔女有異狀？」路德維希問。

「魔女？異狀？沒有。」

「妳在半年前與姊妹們一起找魔女借匕首。當時的魔女與妳這次變成人類時找的魔女，有沒有哪裡不一樣？」

「什麼意思？我說過，我沒有餘裕直盯著魔女。要說不一樣的地方……」賽蓮娜回想著說道。「她的左眼……半年前見到她的時候，魔女沒有左眼。但這次她的左眼治好了……我想這對魔女來說並不難，沒掛在心上。」

「那不是治好的。」路德維希說。「她大概是另一名魔女。」

「什麼？另一名魔女？」

路德維希解釋起魔女爲何至少存在兩名。

「那麼變成屍體飄到岸上的魔女呢？」

「屍體大致已碳化，無法詳細檢驗，但左眼比右眼還凹陷。妳們半年前見到的魔女，可能就是那具漂到岸邊的屍體。」

「你說那名魔女死了？那一週前給我藥的魔女是誰？」

「另一個魔女。」

「但她們住在同一個地方。那個人也知道我半年前來過。她還知道我找她做什麼。」

「她變成前一任魔女啊……原來如此。」

「什麼意思？」

「魔女說不定是繼承而來的命運。前一任魔女放棄職務，接下來就會有另一個人選接任為新一任魔女。或者是……每當魔女死亡，就會產生出新的魔女。」

「每當魔女死亡，就會產生出新的魔女……」賽蓮娜低語。

「賽蓮娜，妳聽我說。」路德維希正色。「假設有名魔女的目的是殺害克里斯蒂安王子。魔女不能為了自己的目的使用魔法，因此她打算操縱某個傀儡殺害王子。於是魔女四處設下陷阱。想要實現願望的人會前來魔女的家。她巧妙利用他們的慾望，策畫最終拿下王子性命的計畫。沒錯——全是用來殺害王子的計畫。」

「那個人就是路薏絲遇到的魔女？」賽蓮娜問。

「對。她也是妳妹妹遇到的魔女、妳們姊妹借用匕首的魔女。她是沒有左眼的魔女。」

「打從一開始的目的就是殺害王子？她玩弄我妹妹純粹的心，煽動路薏絲的擔憂，都是在最後奪取王子的性命？她為何如此執著王子的命？」

「我不知道。」

「你告訴我這些又是為了什麼？」

「為了妳，賽蓮娜。妳聽好。如果魔女其中一名傀儡發現自己被她玩弄在掌心，妳覺得傀儡會有什麼反應？」

「不想讓魔女稱心如意。」

「我想也是。而傀儡如果被魔女施加某種有交換條件的魔法，傀儡應該會採取某種手段解開魔法。」

「——解開魔女魔法的手段？要是眞有這種東西，我才想知道呢。這遭遇跟我一樣啊。」

「大概有一個方法。」

「是什麼？」

「消滅施加魔法的人，也就是魔女。」

「消滅……你指殺了她？」

聽見賽蓮娜的回話，路德維希臉色凝重地點頭。

「但我不推薦這個方法。殺害魔女，很可能會遭到一樣嚴重的報復。比方說全身遭受魔女的詛咒……新的魔女也許靠這種方式誕生。」

魔女的目的，以及對抗魔女的手段。

魔女的屍體。

新任魔女的存在。

賽蓮娜隱隱約約察覺出其中的意義了。

「該不會——」

賽蓮娜走到一半猛然回頭。她的表情凍結了。

漢斯追隨著她的視線，注視黑暗中。然而什麼也沒看到。

但賽蓮娜見到了。她像畏懼黑暗的孩子般打顫。

「漢斯，看。」她望著一團漆黑，側著身子戒備。「是魔女……」

「賽蓮娜小姐，我什麼都沒見到。」

「仔細看。就在那裡！」

「賽蓮娜小姐？」

彷彿受到黑暗吸引，賽蓮娜沿著河邊道路折返。不久，她的身影消失在夜雨牢籠。

「路德維希先生，賽蓮娜小姐！」

「安徒生，快追她。她會重蹈覆轍的！我把路薏絲小姐送到安全的地方再回來。」

「好的！」

漢斯朝黑暗狂奔。

period IV

一八一四年——地中海

人魚公主透過海洋與河川偵查，爲愛戀的青年付出心力，卻體會到人類戰爭規模逐漸擴大，再也不能單靠自己一個人的情報扭轉乾坤。

當戰爭在大陸內部進行時，人魚公主只能長途跋涉朝河川逆流而上，否則沒有其他得到消息的方法。目的地離海越遙遠，諜報的差事對人魚公主來說就越痛苦。大陸冬天降臨，河面結冰，不再來往自如。這樣下去，她幫不上他了。然而軍隊不斷朝內地深處進攻，人魚公主時常跟不上他們的腳步。

人魚公主明白這就是極限了。

在地中海與大西洋相接的海域進行大規模海戰時，人魚公主束手無策；在巨大戰艦彼此衝撞的戰爭中，人魚公主無能爲力。到頭來他的軍隊仍然被逼上絕境。

人魚公主第一次意識到無力感。

他幫助青年取得場場戰績，提升他在軍隊的地位。然而逼得他走向身敗名裂。

青年的軍隊在冬季大陸慘敗，灰頭土臉地撤退母國。

之後，他一點一滴失去了立足之地。

戰爭在人魚公主看不到的地方上演，他轉眼已走投無路。儘管歌頌者不在少數，嫌他礙事的人卻凌駕其上。

怎麼做才能幫助他？

我能爲他做什麼？

人魚公主日日夜夜思考。她海底的住處日漸髒汙，不注重自己的儀容外貌。

她全心全意爲青年奉獻。

她的心意瘋狂。只要認爲對青年有益，怕是再無聊的事都會執行。她四處刺破敵對國家的船隻。她在他敵對的陣營裡放假消息引起內鬨。過往與他交好的人若有意捨棄，她就想方設法挽回或滅口。

心意瘋狂，卻也可以如此稱之：

一開始就註定沒有結果的戀情——

某天，青年被迫爲戰敗負責，形同被祖國放逐似地遷居地中海小島。儘管他對國家的貢獻受到表彰，賦予充足財產與名譽，青年卻無法接受。他可以拋棄老舊觀點，爲新潮自由而戰。對力量足以改變世界的他來說，這座島太過狹窄。

青年在那年下定決心回到祖國，他要改變祖國，他要再次挺身而戰。他的敵對士兵正在他的國家，手持槍械恭候。海上到處遍布敵國戰艦，沒有平安抵達首都的保障。

目送他離去的島嶼港口，擁戴他的居民們架起巨大營火。島民群出，祝賀出航。他踏上賭命的海路。

人魚公主已掌握敵軍戰艦的位置。她手持火把在水面前進，引導對方搭乘的船隻。水手們明白跟著火把就能平安前進，他乘坐的船沒中一槍一彈，成功進入港口。

然而港口裡聚滿與他敵對的士兵。但他早有戰鬥的覺悟。然而，見他進港的年輕士兵竟然淚流滿面，歡迎回歸。年輕士兵認爲，他是傳說中的英雄。

士兵不再將槍口對準他，每個人都如此呼喊。

「拿破崙陛下萬歲！」

人魚公主聽著他們的聲音，無比自豪——

尾聲

一八一六年——丹麥・奧登斯

漢斯反應過來，發現自己來到沙灘。雨勢轉小，東方天空濛濛亮。星空消逝，雲層邊緣隱約可見朝陽前兆的泛紫。宛如世界末日的光景，緩緩來到終幕。

寬闊平坦的沙灘上，有個小小的人影。是賽蓮娜。

她面向大海站立。前後略略錯開的一雙腳掌，深深陷入沙中。

她的面前，有道披著白色布巾的鬼魂。在腳邊攤開的白布邊緣被海浪打溼。

賽蓮娜發現漢斯，轉過身來。

「漢斯，你見到了吧？」

「我見到了……一個怪人。」

「沒禮貌。」

鬼魂轉向漢斯。臉被布巾遮蓋，僅能見到嘴角。布巾底下透出布滿皺紋的老人口唇。

「呃……很抱歉……」

漢斯對著那名奇特的人道歉。

「她是魔女，漢斯。」

「魔女……」

「對，現在是了。」魔女說。

「『現在是』？」

漢斯歪起頭，賽蓮娜聳聳肩攤開單手。

「我也很驚訝……這位魔女就是妹妹。」

「咦，妹妹？那不就是——」

愛上人類王子離開海洋的人魚公主。

她不是不忍心刺殺王子，在海中化為泡沫了嗎？

「那一晚到底發生什麼事？」賽蓮娜逼問。「我親眼見到妳跳進海中化成泡沫。怎麼還會出現在這裡？」

魔女垂著臉背對賽蓮娜，猶豫一段時間。或者只是在吊人胃口。表情隱藏在布巾底下，難以判斷出魔女的心境。

「姊姊，我只是醒了過來。」

「醒過來？」

「我領悟到打算行刺王子的自己……就像是怪物。」

「然後?」賽蓮娜的口吻一如往常冷淡。

「賽蓮娜姊姊，妳知道我當時爲何沒刺殺王子嗎?妳知道是什麼原因讓我回頭?」

「我……」賽蓮娜答不上來。對賽蓮娜來說，那是比命案更超乎理解範圍的謎團。

「不知道?」

「……愛嗎?」賽蓮娜遲疑著。「因爲妳愛著王子——」

「呵呵呵，才不是這樣，賽蓮娜姊姊。跟我想得一樣。姊姊在我們姊妹中最聰明靈敏，但死腦筋。愛?賽蓮娜姊姊才不懂什麼叫愛吧?即使妳知道詞彙的意義，心卻沒有感受。姊姊就是這種人。」

聽見魔女的話語，賽蓮娜緊咬下唇低著頭。

「我沒有刺殺王子。我發現自己被利用了。」

「怎麼一回事?」

「我在那天打算化成泡沫消失。繼續這場沒有回報的愛戀太悲慘了。即使知道姊姊們跑來幫我，我卻一點也開心不起來。我在海底一定失去容身之處了。但我還是改變了心意，在從姊姊手上拿到魔女匕首的那刻。」

「發生什麼了？」

「我見到那把匕首就明白一切。我們全被魔女利用了！魔女的目的只有刺殺王子，我們的戀情到頭來只是魔女的餘興節目而已。」

「爲什麼？妳怎麼發現魔女的企圖？」

「我知道路薏絲有一把與姊姊拿來的魔女匕首外表別無二致的匕首。我也知道她把匕首帶在身上當護身符。」

魔女匕首有兩把。

一把在人魚公主手上，一把在路薏絲手上。

「怎麼想都不對勁吧？爲什麼王子的未婚妻會有跟魔女借來的匕首一樣的東西？匕首這麼危險……使用之道不就只有一種？王子身邊的兩個女人有相同凶器。當姊姊們告訴我該對王子下手，我就看穿魔女的企圖。」

「原來這就是妳當時的心境。」

「沒錯。」魔女輕輕回應。「我開始思考怎麼自救。天就快亮了。這樣下去會變成泡沫消失。我沒什麼餘力想太多。」

魔女背後的天空逐漸發白。

現實中的天也快亮了。

「假如魔女的目的是殺害王子，她可能會待在附近，確認我刺殺王子的那刻。於是我爲了引出魔女，將匕首丟進海裡。」

「那個舉動不是單純的丟棄。」

「對。如果那把匕首對魔女來說很重要，她一定會撿。」

她把匕首丟進海後，便追隨匕首投身海中。

「我看起來像變成泡沫，應該是因爲我追著下沉的匕首潛入海中。隨後我在海底撞見試圖伸出手來的醜陋生物。我搶在她前拿到匕首，在她的腹部刺了一刀。那個人就是魔女。」

「妳……殺了魔女？」

「沒錯。不然過了那夜就會變成泡沫，但我不想殺死王子——我要是對王子下手，不就如魔女的意？」

「所以妳才會變成這麼……」

「我怎麼會知道殺了魔女會變成魔女？我現在如此醜陋。雖然能說話了，卻無法發出以前悅耳的聲音。」

魔女聲音顫抖，情緒首次流露。

「被沖上這片沙灘的屍體，就是妳殺的魔女嗎？」

「沒錯，我總得給姊姊一些提示。禮物有沒有派上用場？」

「但妳在半年前就下手了吧？」

「對，所以屍體在海底變得像木炭一樣，魔女屍體構造跟人類完全不同，妳應該沒發現她早就死了吧？」

「妳特地穿著魔女的長袍僞裝成她，出來迎接我？妳到底抱著什麼心情，讓我喝下變成人類的藥？」

「這跟我的心情無關吧？決定吃藥的人是姊姊。我只是照著妳的要求拿出藥。」

「妳要是坦白一切，我就不需要變成人類了。」

「妳的意思是只有我變成這副德性也無所謂？就只有我！」

魔女的聲音變了。

那不是被譽爲過去海中最優美的人魚公主嗓音，而是貨眞價實的恐怖魔女之聲。

「我們是保護妳的名譽——」

「妳別開玩笑了！根本是保護自己的名譽吧？到頭來還是自保。妳們只是維護家族與國家的顏面，需要藉口吧？妳們想救的就只有自己。說錯了嗎？妳說啊，賽蓮娜姊姊。」

魔女非常激動。她的態度不變，在令漢斯恐懼的同時，卻感受到人性。他不確定這是她的個性，還是化爲魔女所致。

「別這樣，冷靜下來。」賽蓮娜舉起右手。「我還有好幾個疑問。能解答嗎？」

「該怎麼作呢……好吧。看在賽蓮娜姊姊平常對我很好，我才破例喔？」

「動機。妳殺的魔女爲什麼這麼執著殺害克里斯蒂安王子？她跟王子有什麼過節？」

「我成爲魔女後初次明白。」魔女喜孜孜地說。「我刺殺魔女的那瞬間，魔女之血像蛇一樣從傷口冒出，將我包覆起來。我成了下一名魔女，前任魔女做過的一切，都在腦中像跑馬燈一樣浮現。」

「是嗎……眞是可憐妳了。」

「但我感覺……很溫暖，很驕傲。我殺死的魔女跟我們一樣是人魚公主。她住在遙遠南方的溫暖海域。她愛上了人類男性，想去人類的世界。要變成人，得依賴魔女的力量。」

「又是魔女。」

「從我記憶中的視角，那是前兩任魔女。人魚公主想跟魔女索取變成人類的藥物，卻被拒絕了。即使如此，她仍不肯死心，拿起房間的匕首刺殺眼前的魔女。她不惜痛下殺手也想變成人類。可是沒有成功，反而化作魔女。」

殺魔女是種輪迴。

殺死魔女的人，將成爲魔女受困於世——

「當時刺殺魔女用的匕首，是路薏絲當成護身符帶在身上的那把，也就是往後殺害克里斯蒂安王子的凶器。那是前兩任魔女肋骨製成的匕首。因此跟妳們找到的前任魔女的匕首對不起來。妳有沒有發現？」

原來是這麼回事。

她刻意要讓賽蓮娜得知自己的存在，因此把前任魔女的屍體運到沙灘。她稱屍體爲線索，路德維希的確拜屍體所賜才注意到魔女不只一名。不過這與克里斯蒂安王子命案無關。

「雖然殺死魔女使她面目全非，她卻無法淡忘對人類男子的單戀。因此決定暗中爲他犧牲奉獻。」

水滴啪嗒啪嗒滴在魔女的胸口，將白色布巾染上一點一點的痕跡。

是雨嗎？

不對，雨已經停了。

她哭了嗎？

訴說這段故事的她絲毫沒有悲傷。或許是她繼承的魔女之血使她落淚。

「變成魔女的她，利用各種手段幫助踏上戰場的男人。畢竟敵人不可能注意到自水底入侵的斥候。她搜集敵地情報，爲心愛的男人行動。」

「魔女參與了人類的戰爭啊。」

「沒錯，不知是否因爲如此，或者男人是個軍事天才，她心愛的男人在戰爭中大鳴大放。南法的土倫、遠征義大利、遠征埃及——一切都好懷念。」

「又不是妳跟著他。」

「但我記得。」

「那麼，克里斯蒂安王子何時登場？」

「還在後頭呢，賽蓮娜姊姊眞是急性子。話說在前頭，克里斯蒂安王子不過是顆棋子。」

「棋子？她處心積慮要王子的命，妳跟我說他只是棋子？」

「沒錯。姊姊妳可能有點誤會，刺殺王子不是目的，只是種手段。」

「什麼意思？」

「她心愛的男子在軍旅生活的功績受到認可，最終爬到皇帝之位。」

皇帝只會讓人聯想起一個名字。隻身改變世界的男人——法國皇帝拿破崙。漢斯的父親是拿破崙的崇拜者，很熟悉。

「但這幾年來皇帝參與的戰爭連連敗戰。在視他爲眼中釘的各國盤算下，最終被流放到地中海的小島。然而皇帝並未沈寂。他逃離島嶼朝巴黎前進，再次回歸皇帝寶座！法國國民很歡迎他。當時歡喜的呼聲令魔女倍感驕傲。」

魔女說得彷彿是親身體驗。

拿破崙在下台後的確一度復辟，但後續慘不忍睹。迫使他退出歷史舞台的，是知名的滑鐵盧之戰。排山倒海的敵軍當前，法軍被狠狠修理一頓。他當上幾個月的皇帝就被迫退位，爲了杜絕他重返巴黎的機會，這次流放到南大西洋的孤島聖赫倫那島。

他如今仍被幽禁在孤島上。

「救不了他讓魔女身陷絕望，即使如此仍不放棄。她的目的是讓他再度回國稱帝。爲了這個目的，她願意做任何事。這是她展現愛意的方法。」

深愛皇帝的人魚公主——

她的愛情在漢斯看來，造就一場扭曲的命案。

這竟然就是眞相。

「殺死克里斯蒂安王子，可以幫助拿破崙復辟嗎？」漢斯問。

「是的。當王子與瑞典名門之女路薏絲訂婚那刻，他就成了魔女除之後快的對象。魔女總是注意著這個國家的動向。」

「她的目的是讓路薏絲的婚姻破滅嗎？」賽蓮娜問。

「沒錯。要是因為兩人結婚，瑞典與丹麥結盟，她就傷腦筋了。本來這個國家是跟法國交情最好的同盟國之一。因此不能讓丹麥與過去的敵國瑞典交好。瑞典原本就積極想統一北歐，打造維也納體制後的新世界。要是這點子成真，丹麥無疑會與法國對立。簡單來說這兩個人恩愛，就可能成為阻礙皇帝的存在。」

「她才想下手為強？」

「沒錯，這是幫他在重返歐洲時打點環境。」

克里斯蒂安王子一死，與路薏絲的婚姻便形同無物。北歐統一喪失踏腳石，北歐各國想必會維持現狀。若殺害王子的凶手是路薏絲，可想而知為統一重修舊好的工程將碰上困境。事實上這就是未來會發生的事。

「魔女在歐洲各地確實地進行預防工作。她為皇帝剷除障礙，收集有益於皇帝之物。這些都是獻給皇帝的禮物，而克里斯蒂安王子的命案只是其一。是眾多贈禮之中的一分。妳們只是碰巧遇上了這起案件。」

沒人知道魔女還在其他地方幹了什麼好事。

沒人知道魔女爲皇帝付出到什麼程度。

然而魔女之力若眞的有爲拿破崙的成功貢獻，他恐怕無法三度復辟了。

因爲魔女已不在人世。

她被自己試圖用來刺殺克里斯蒂安王子的賽蓮娜妹妹反將一軍。

「回溯魔女的記憶，起初她讓我陪王子，並不是要利用我行凶。我找王子的時候，路薏絲還沒人來提親。我猜她是想把一個聽話的棋子送進離宮中吧。」

她稱呼自己聽話的棋子。

漢斯不禁覺得這名披著白布的魔女已經失去身爲賽蓮娜妹妹的自我。輪迴的魔女之血與記憶混淆在一起，現在的她成了僅能稱作魔女的生物。

視線不經意望向地平線另一端，天色明朗起來。

日出就近在眼前。

「賽蓮娜小姐的心臟在哪裡？」

漢斯詢問魔女，魔女緩慢地從披巾的縫隙打量漢斯。

「沒剩多少時間了。」

魔女彷彿現在才注意到似地仰望天空。

「賽蓮娜姊姊的心臟就在這裡。我帶在身上。」

魔女稍微拉開胸前收攏的白布，展示掛在脖子上的瓶子。瓶中塞著一顆有如巨大紅寶石的鮮紅色結晶。

「賽蓮娜姊姊果真優秀。免去變成泡沫的危機，也能拿回心臟。若非賽蓮娜姊姊，其他人應該辦不到。」

「不，我一個人辦不到。漢斯在，我才得知真相。還有……得算上路德維希。」

「沒想到在海中總是孤零零的賽蓮娜姊姊能跟人類處得這麼好。該不會相較之下，姊姊還比較適合人類世界吧？」

「別提這些了，快還我心臟。」

賽蓮娜伸出單手催促。魔女的肩頭輕輕晃動。

她這是在哭泣？

不對，她在笑？

「要是心臟恢復原狀，賽蓮娜姊姊就得回到人魚世界，妳確定？」

賽蓮娜點頭。

對了，這樣她就要離開。

漢斯只顧著思考救出賽蓮娜，完全沒考慮到奪回心臟後的事。奪回人魚的心臟，就表示她必須告別人類世界。交會的兩個世界隨著太陽升起，再度分離。這明明是他的願望，漢斯卻不惜時間暫停，也想繼續維持現狀。

與賽蓮娜分隔兩地太煎熬。

但她有該回歸的場所。

「那麼姊姊就得在天亮之前變回人魚。」

魔女從白布裡頭拔出詭異的匕首。匕首長得跟王子命案用上的凶器一模一樣。

魔女將匕首丟到地上，刺進賽蓮娜眼前的沙地。

遠處的海鳥開始鳴叫。

空中浮現斑駁的雲彩，染得空中一片紅紫色。海洋不再是黑暗的世界，恢復成原本蒼藍的汪洋。而現在漢斯的肌膚確確實實地感覺到生命的源頭正從地平線另一端散發光芒。

「賽蓮娜姊姊，曾經挖出來的人魚心臟要恢復功能，需要大量的血液。尤其離開身體的時間越長，恢復原狀時就越需要越多。」

「需要血液？妳沒跟我說過。」

「是姊姊妳自己不好，丟下心臟這麼久。要是只隔一天，根本就不需要血液。但到現在就需要整個星期的血量了。」

「整個星期？那是多少血？」

「這個嘛，以人類來說，大概是小孩一人分吧。」

漢斯注意到此時布巾間透出的魔女視線轉向自己。她的眼球非常混濁，與其他任何生物都不相似。

「是嗎，原來妳是這個意思。」

賽蓮娜踩著沙地，向魔女走進一步。

「妳想要我拿起匕首？」

魔女輕輕擺頭。

「太好了，姊姊。我幫你重現那一夜。妳說不懂我的心情？那你就學那晚的我舉起匕首。快，趁妳的心臟還沒停止跳動。沒時間了！快撿起那把匕首吧？」

賽蓮娜順從魔女，撿起腳邊的匕首。

「這就對了，姊姊。冷靜的姊姊一定知道現在該做什麼吧？仔細想想看，刺死一個人就跟摘花一樣！人魚與人類互不相容。種類與種族完全不同。不需要猶豫。更不要說是刺死萍水相逢的人類！」

東方的天空越來越明亮。

沒時間了。

心臟即將停止跳動。

她需要血。

「姊姊，妳在猶豫什麼？來，快——」

漢斯拉高聲音，打斷魔女的吼叫。

「賽蓮娜小姐！」他鼓起勇氣呼喊。「沒時間了，請妳用我的血！」

「別說傻話，漢斯。」

「賽蓮娜小姐需要血！如果我的血可以救妳——」

「我怎麼可能狠得下心，漢斯！」

「哎，爲什麼？姊姊，快告訴我？爲什麼狠不下心刺他？」

「我不知道。」

「不知道？妳跟我置身相同處境還不知道？要不要我告訴妳爲什麼妳不知道？因爲姊姊妳沒有心。姊姊不具有與人類相同的心。人類與人魚不同，從心的構造就不一樣。但我不是。我可以理解人心，因此才會喜歡上人類。妳不懂吧？畢竟姊姊沒有心啊。就像妳現在胸口空蕩蕩一樣！」

太陽的光輝從海平面另一頭湧現。

「沒錯，或許妳說對了。」

賽蓮娜握著匕首靠近魔女。下一刻，她用力推開她。

魔女被推倒，裹著白布倒在潮線之間。

「妳說孩子一人分的血是吧？」

賽蓮娜逼近魔女。

「我身上雖然沒有血，妳倒是有？既然一個孩子就足夠，妳的身體應該供應得了。」

賽蓮娜跨坐在倒地的魔女身上，舉起匕首。

「妳注意到了？」

魔女似乎笑了。

「沒錯，這才是賽蓮娜姊姊。最喜歡的姊姊——」

「不可以！賽蓮娜小姐！」

漢斯高喊。

賽蓮娜撲倒魔女。

時間並未停止流動。

太陽的第一道光輝終於照上了沙灘。

瓶中的人魚心臟發出聲響蒸發了。

心臟最後變爲小小的焦炭。

魔女躺在潮線上靜止不動。

唯有擺動著她身上披巾的浪潮，一成不變地反覆拍打。

賽蓮娜撲在魔女身上。她將魔女擁入懷中，手上沒有匕首。

賽蓮娜還活著。

「很遺憾，我果然還是無法了解妳的心情。但不需要這樣試探我。」

賽蓮娜緊緊抱住魔女。魔女的身體顫抖起來。

「一直孤零零很難受吧？我們把妳逼到這個地步。對不起。」

「爲什麼……爲什麼不肯刺死我，姊姊？」

魔女像個孩子般哭起來。

「妳要是不刺我，我死不了啊！為什麼……為什麼不肯讓我解脫！」

「說過了，不知道。」

賽蓮娜離開魔女。

「跟妳那晚沒刺殺王子是同個道理吧。」

魔女跪坐在地，肩膀抽動著。

「我不知道失去心臟的身體還能活多久。但今後會擔起一半妳心懷的黑暗活下去。」

賽蓮娜說完轉身背對魔女。

「漢斯，走吧。」

漢斯追隨著賽蓮娜，快步離開清晨的沙灘。

前往旅館的路上，他們見到迎面揮手奔向自己的黑色人影。

是路德維希。

他扛著一堆行李。

「路德維希先生，你好慢！之前都在做什麼啊？」漢斯的語氣埋怨。「看你大包小包的，發生什麼事了？」

「啊，太好了，你們都平安啊。看來結束了。」路德維希氣喘吁吁。

「你們來得正好。我非得離開這座鎮不可。想知道理由，問你們接下來遇到的那個人。她一定會告訴你們。」

「咦？怎、怎麼一回事？你要離開了？用不著這麼急啊……」

「臨走前能像這樣打聲招呼眞是太好了。安徒生，你這一周變得成熟許多。賽蓮娜，妳倒是沒什麼變。」

「要你管。」

「對對對，這才是妳。人魚的生命力很強。就算少了心臟，說不定能繼續……哎唷，沒時間了。」

路德維希慌慌張張脫掉帽子，畢恭畢敬行過禮。

「再見，很高興能認識你們。願來日再會！」

路德維希朗聲說完，拔腿離去。

然而他又折回，分別給了漢斯與賽蓮娜一張紙。

「忘了給你們這個。是紀念。」

「謝謝你。」

「我還有一個精選的禮物。是一幅很棒的畫。但無法直接交給你們。我要想像你們收下禮物的模樣，動身前往下一個城鎮。別了！」

路德維希狂奔而去。轉眼間他的身影便消失在視線外。

他還眞奇怪。起初形象陰沈到讓漢斯誤以爲是死神，隨後又受到他的大肚量與聰穎吸引。少了他，王子命案無法破案。

當漢斯與賽蓮娜再次邁開腳步，又有一名熟悉的人物迎面跑來。

「我問你們！」

是旅館老闆娘。

「那個叫格林的男人有沒有過來？」

「咦？他剛剛從這裡跑走了……」

「這樣啊，謝了。臭小子……」

老闆娘要拔腿狂奔，漢斯機警地叫住。

「他做了什麼？」

「那傢伙說自己是德意志的大畫家，結果住宿都不付錢。起初付訂金的時候確實挺慷慨的，可是後來遲遲沒付追加的尾款。他說要賣畫換錢，但好像沒賺多少，愛付不付。」

「原來他是這種人……」

漢斯現在才驚覺朋友的祕密。

「他有沒有給你們值錢的東西啊？快幫他代墊。」

「我想想……」漢斯腦中浮現剛才塞進口袋的紙片，最後還是搖頭否認。「沒有。」

「是嗎，你們以後遇到他，叫他還我住宿費。」

「好的。」

漢斯點頭答應後，老闆娘大聲嚷嚷，追著路德維希的去向。

「路德維希先生到最後依然是個怪人。」

漢斯回想起道路前方他殘留的身影說道。

「這是什麼？」

賽蓮娜不做多想打開了路德維希說是紀念的紙片。

上頭分別畫著漢斯與賽蓮娜的肖像畫。雖然畫技精湛，漢斯卻覺得兩張畫像都把故作正經的臉畫得很誇張。

漢斯與賽蓮娜看向彼此的畫，接著對望彼此的臉。

——跟畫一模一樣。

這件事莫名引人發噱，下一秒兩人笑成一團。

這正是以沿著雨後河川吹來的晨風爲畫框，僅屬於兩人的美麗畫作告成的瞬間。

NIL 31／人魚公主殺人事件

原著書名／人魚姫：探偵グリムの手稿
原出版者／德間書店
作　　者／北山猛邦
翻　　譯／Rappa
責任編輯／詹凱婷
編輯總監／劉麗真
總 經 理／陳逸瑛
榮譽社長／詹宏志
發 行 人／涂玉雲
出 版 社／獨步文化
城邦文化事業股份有限公司
104台北市中山區民生東路二段141號5樓
電話：(02) 2500-7696　傳真：(02) 2500-1967
發　　行／英屬蓋曼群島商家庭傳媒股份有限公司
城邦分公司
104 台北市中山區民生東路二段141號2樓
網址／www.cite.com.tw
讀者服務專線／(02) 2500-7718；2500-7719
服務時間／週一至週五：09：30～12：00　13：30～17：00
24小時傳真服務／(02) 2500-1900；2500-1991
讀者服務信箱E-mail／service@readingclub.com.tw
劃撥帳號／19863813
戶名／書虫股份有限公司
香港發行所／城邦（香港）出版集團有限公司
香港灣仔駱克道193號東超商業中心1樓
電話／(852) 2508-6231　傳真／(852) 2578-9337
E-mail／hkcite@biznetvigator.com
馬新發行所／城邦（馬新）出版集團
Cite (M) Sdn Bhd
41, Jalan Radin Anum, Bandar Baru Sri Petaling,
57000 Kuala Lumpur, Malaysia.
Tel: (603) 90578822
Fax:(603) 90576622
email:cite@cite.com.my
封面設計／萬亞雰
排　　版／游淑萍
印　　刷／中原造像股份有限公司
●2019年12月初版
●2022年7月4日初版3刷
售價380元
NINGYOHIME TANTEI GRIMM NO SHUKOU

First published in Japan in 2013 under the title
NINGYOHIME TANTEI GRIMM NO SHUKOU.
Original Japanese edition published by TOKUMA SHOTEN PUBLISHING CO., LTD., Tokyo.
Chinese version in Taiwan rights arranged with TOKUMA SHOTEN PUBLISHING CO., LTD through AMANN CO., LTD., Taipei.

ISBN 978-957-9447-53-9

國家圖書館出版品預行編目資料

人魚公主殺人事件 / 北山猛邦著；rappa譯
. –初版. – 台北市：獨步文化，城邦文化出版：家庭傳媒城邦分公司發行，民108.12
面； 公分. --（NIL；31）
譯自：人魚姫:探偵グリムの手稿
ISBN 978-957-9447-53-9

861.57　　107013606

獨步文化
APEX PRESS

廣 告 回 函
北區郵政管理登記證
台北廣字第000791號
郵資已付，免貼郵票

104台北市民生東路二段 141 號 2 樓

英屬蓋曼群島商家庭傳媒股份有限公司
城邦分公司

請沿虛線對摺，謝謝！

獨步文化
APEX PRESS

書號: 1UY031	書名: 人魚公主殺人事件	編碼:

請於此處用膠水黏貼

獨步文化 APEX PRESS

讀者回函卡

謝謝您購買我們出版的書籍！

請費心填寫此回函卡，我們將不定期寄上城邦集團最新的出版訊息。

姓名：＿＿＿＿＿＿＿＿＿＿ 性別：□男 □女

生日：西元＿＿＿＿年＿＿＿＿月＿＿＿＿日

地址：＿＿＿＿＿＿＿＿＿＿

聯絡電話：＿＿＿＿＿＿＿＿ 傳真：＿＿＿＿＿＿＿＿

E-mail：＿＿＿＿＿＿＿＿＿＿

學歷：□1.小學 □2.國中 □3.高中 □4.大專 □5.研究所以上

職業：□1.學生 □2.軍公教 □3.服務 □4.金融 □5.製造 □6.資訊

□7.傳播 □8.自由業 □9.農漁牧 □10.家管 □11.退休

□12.其他＿＿＿＿＿＿＿＿

您從何種方式得知本書消息？

□1.書店 □2.網路 □3.報紙 □4.雜誌 □5.廣播 □6.電視

□7.親友推薦 □8.其他＿＿＿＿＿＿＿＿

您通常以何種方式購書？

□1.書店 □2.網路 □3.傳真訂購 □4.郵局劃撥 □5.其他

您喜歡閱讀哪些類別的書籍？

□1.財經商業 □2.自然科學 □3.歷史 □4.法律 □5.文學

□6.休閒旅遊 □7.小說 □8.人物傳記 □9.生活、勵志 □10.其他

對我們的建議：＿＿＿＿＿＿＿＿

＿＿＿＿＿＿＿＿

＿＿＿＿＿＿＿＿

為提供訂購、行銷、客戶管理或其他合於營業登記項目或章程所定業務需要之目的，家庭傳媒集團（即英屬蓋曼群島商家庭傳媒股份有限公司城邦分公司、城邦文化事業股份有限公司、書虫股份有限公司、墨刻出版股份有限公司、城邦原創股份有限公司），於本集團之營運期間及地區內，將以mail、傳真、電話、簡訊、郵寄或其他公告方式利用您提供之資料（資料類別：C001、C002、C003、C011等）。利用對象除本集團外，亦可能包括相關服務的協力機構。如您有依個資法第三條或其他需服務之處，得洽詢本公司服務信箱cite_apexpress@cite.com.tw請求協助。相關資料不提供亦不影響您的權益。

□我已詳讀權利義務之相關條款，並同意遵守。

請於此處用膠水黏貼